# 뼈가 자라는 여름

김해경 산문집

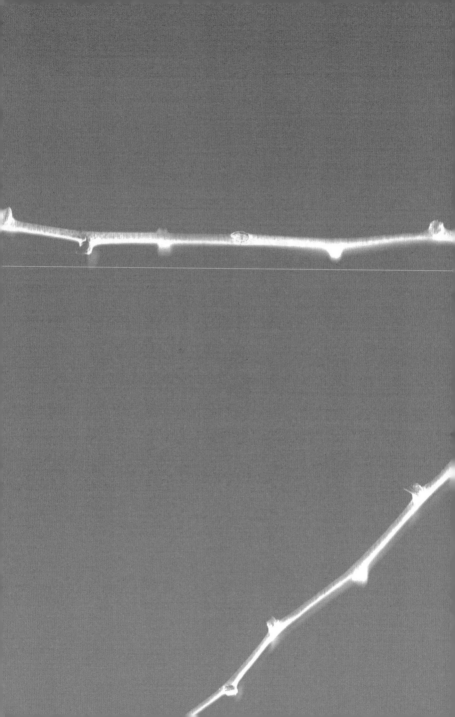

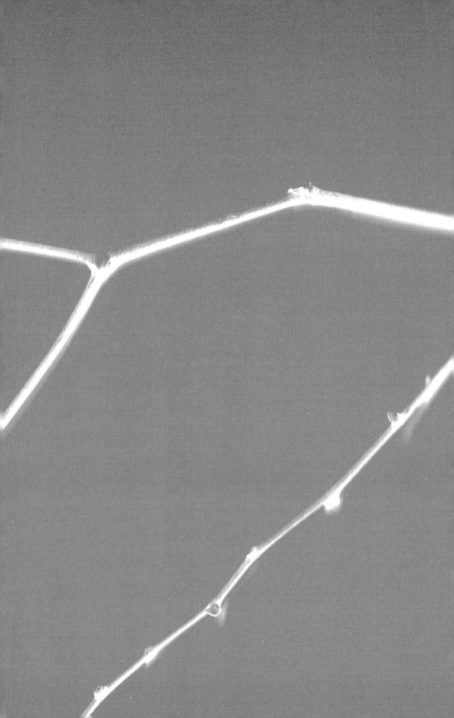

기다렸습니다, 여름이 오기를.
그리고 다시 기다렸습니다, 여름이 떠나길.
기다리기만 하다가 놓쳐버린 한 시절을
여기에 묶어두기로 합니다.

1부

# 여름은

  연약한 존재들에게 더욱 눈길 가는 계절. 그런데 해줄 수 있는 게 아무 것도 없어서 슬픈 계절. 슬픔이 깨지지 않도록 조심하는 계절. 하얗게 지우고 지웠지만, 발끝에서 다시 말갛게 떠오르는 얼굴이 있다. 너를 밟고도 잘 살겠다고 다짐한 게 잘못이었다. 걷는 족족 발자국처럼 남는 죄책감으로 나는 커다란 법전을 만든다. 손발이 묶인 채 나도 연약한 존재들이 모여 사는 집으로 끌려가고 싶다. 그곳에서 연약하다는 것의 진정한 의미를 배우고 연약하다는 말을 함부로 쓸 수 없을 때까지 연약한 존재들의 밥이 다 익을 때까지 살다 오고 싶다. 그럼 지금 이 세상도 조금은 변해 있지 않을까? 바람은 사람으로부터 사람에게로 부는 거라 했다. 바람결에 책장이 낱낱이 넘어가는 장면을 상상할 때마다, 네가 내게서 문장을 훔쳐 가는 것만 같았다. 그래도 괜찮았다. 나에게 어떤 문장도 남지 않을 때까지 너는 부풀고, 이제는 가장 연약한 바람결에도 훌쩍 날아가버리곤 하는 풍선이 되었다. 유년처럼 너를. 그러니까 내 연약했던 한 시절을 끈으로 묶어 다니다가 놓쳤을 때, 그때 너도 완전히 잃어버린 것이다. 가끔은 숲속으로 가 키가 높은 나

무들을 하염없이 바라보았다. 너는 어디에도 걸려 있지 않은
가 보다. 나무들 사이로 바람이 불고 나는 조금씩 밀려나고.
이런 연약한 마음을 거두어야만 하는 계절이다.

# 괜스레 화가 나는 날들

차가운 생활과
따스한 통화 사이에서 미온을 견딥니다.

나는 최선을 다하지 못했고, 놓쳤던 걸까요.

다시 붙잡으려면 며칠 밤을 더 앞서 걸어야 하는 걸까요. 며칠이면 될까요. 영원은 없지만 불안은 영원하듯, 조금도 가만히 있을 수 없어서 차라리 잠을 청해보고

꿈에 짓눌렸습니다. 몸부림쳐도 소용없습니다. 누군가 현관문 앞에 서서 비밀번호를 자꾸 틀리고 있습니다. 장면마다 한번씩 죽는 내가 있고 다시 처음부터 시작되는 꿈. 위로가 필요한 것 같아요. 그래서 문을 밀고 들어 오는 요일들에 몸을 맡깁니다.

충분했다 싶었습니다.

죽는 꿈도 꿈

눈 뜬 잠도 잠

식은 밥도 밥

우린 변하지 않으니까, 이제 시작해볼까


라는 질문도 질문

# 매달림

놓으면 다음 일이 펼쳐졌다. 다음 일이 삶일 수도 죽음일 수도, 그건 아무도 모르는 것이지만 나는 낡은 말들을 모두 버리고, 깨끗하게 씻고 새 옷을 입으면서 다시 들러붙는 삶의 의욕에 대하여

너는 항상 맨정신이구나,

욕을 먹으며
혼곤한 거리를 걸으며

가짜와 진짜가 구분되지 않는 시간 안에서 안도하였다.

지금의 이 안도가 가짜일지 진짜일지는 놓아봐야 알 것 같은데, 그러나 지금은 사랑을, 사랑을 하는데

# 물성

슬픔이 만져진다. 볼 수도 없고 느낄 수도 없지만 슬픔은 분명한 촉감으로 나를 에워싸고 있다. 창문으로 햇살이 쏟아져 들어오지만 방안은 차갑게 식어 있다. 겨울도 아닌, 여름도 아닌, 캄캄한 어둠 속에서 발 없는 유령이 다만 빛을 내고 있는 것처럼.

그러나 이것만으론 슬픔의 증거가 충분하지 못해서 나는 또 이유를 찾는다. 나를 슬프게 만들었던 사람들. 형체를 알아볼 수 없는 얼굴들이 있다. 진정한 삶이란 그런 거라고, 형체를 알아볼 수 없을 만큼 문드러졌을 때 문득 다가오는 거라고 말했던 사람들. 나는 그 말을 믿었다. 그 중 한 명은 내 이름을 마지막으로 불러주기도 했다. 죽음 앞에서 죽음은 실존하지 않는다는 강렬한 믿음의 그 눈빛을 아직도 잊을 수 없다. 그러나 죽음은 가장 완벽한 실존이고 우리는 깨닫기 싫어서 오래도록 울었다. 눈물에 죽음이 씻겨가는 걸 쳐다보면서 이런 건 슬픔의 모양이 될 수 없다고 생각했다. 슬픔에겐 극복이 죽음이니까. 슬픔을 병처럼 여기지 않겠다고 말하면서 나는 조금씩 의연해졌다. 슬픔에게도 비밀이 있을 거라고. 그 비밀을 추궁하지 않기로 했다.

슬픔의 모양을 몰라도 충분히 슬퍼할 수 있다는 슬픔론자가 되기 위하여 슬픔을 몰아붙이지 않고, 슬픔의 자리에 함부로 행복이나 기쁨을 들이지 않는다. 가장 편한 자세로 슬그머니 들어서는 슬픔의 기척을 느낄 뿐이다. 내 삶의 하루는 가끔 그런 식으로 온전히 소모되기도 한다. 음악을 듣고 영화를 보고 글을 쓰고 밥을 먹는다. 밥을 먹으면 기운이 빠진다. 더욱 나약해지고 세상이 싫어진다. 그림에도 불구하고 너는 살아있다. 그것이 나를 살게 한다. 계속 다른 목소리를 내면서, 경험해보지 못한 죽음을 경험해본 척하면서, 모든 거짓말은 내일 회개하기로 다짐하면서, 또 하나의 신을 죽이고 바로 선다. 눈물이 똑바로 흐른다. 슬픔을 의심하지 않는다.

# 오늘도 사람들이 떠난다

떠난 사람이 돌아오는 일은 드문 일이다. 그렇게 믿으면 뒷 모습이 조금씩 더 빨리 흐려지는 것 같고, 차가운 도로 끝에서 용해되는 사람들의 그림자를 바라보면서 나도 누군가에겐 뒷 모습이었을까, 반성하게 되었다. 가슴이 뜨거워질 만큼 화날 일도 없었는데, 우리는 왜 이렇게 많이 헤어지고 있을까. 그런 걸 생각해보면 떠난다는 건 미워서가 아니라 아무렇지 않아서 생기는 일 같다. 자다가도 네 생각이 나고 꿈에서도 네가 자꾸 떠난다. 어디서 시작된 너인지도 모른 채 떠난다는 감각만 익 숙해졌다. 나는 이제 아무런 표정 없이도 떠나는 너를 바라볼 수 있다. 너는 이제 떠나 있다. 살아있는지 죽었는지도 모른 다. 세상의 전부가 나하고는 그런 관계다. 그러니 미워할 일도 아닐 텐데. 오늘도 사람들이 떠난다. 아무일도 아닌 것처럼. 그러니 나도 아무렇지 않은 것처럼.

# 자취방 1

　소음은 술을 먹고 뒤틀린 방 안으로 천천히 걸어 들어갔다. 방은 언제나 쥐죽은 듯 조용하다. 아무도 살지 않는 집보다 조용하다. 소음은 계절이 들지 않는 창문 아래 기대어 잠이 들었다. 꿈을 오래 꾸었다. 무성영화 같았다. 사람들이 소리를 질렀지만, 이곳은 여느 때처럼 조용하다. 이내 지쳐서 사람들은 발길을 돌리고 소음은 그 뒤에서 조용히 꿈을 끈다. 암전보다 조용한 침묵을 견디고 선다. 마음속에선 이미 할 수 없는 말까지 다 했으니까. 속이 매스꺼웠다. 소음은 뒤틀린 벽을 마주 본 다음, 있는 힘껏 울었다. 이곳은 그러나 언제나 조용하다.

# 깜깜한 서랍

언젠가는 세상에서 제일 슬픈 사람이 되고 싶었다. 눈이 오지 않는 도시에서 눈 스티커가 잘 팔리는 것처럼, 슬픔이 없는 나에겐 슬픔이 제일 쉬운 법이었으니까.

이젠 슬픔이 제일 어렵다. 슬프다고 말하지 않을 때 슬픔은 와 있고 나의 준비는 언제나 한발 늦다. 모자란 생활이란 이런 것일까.

음식을 시켰어. 문을 두드리길래 문을 열어주지 않았어. 눈이 왔다는 걸 그렇게 알고 싶진 않았거든.

친구에게 거짓말을 하고 슬픔을 조금 얻은 기분이었다. 끝없는 정체. 내 앞에 그들은 누구시길래 사라지지 않는 슬픔입니까. 슬픔의 역사. 슬픔의 계보. 나는 밟은 적이 없는데 지뢰처럼 터지는 눈물은 누구의 것인가요. 누구의 것도 아닌데 내가 아프나요. 이제 그만 꿈에서 깨라. 그만하면 됐다. 아뇨. 정확한 불안을 느낀다. 언젠가 훔쳐 온 죽음이 아직 저 컴컴한

서랍 속에 있다. 때가 되면 세상에서 제일 슬픈 표정을 짓기
위하여.

# 기억

저수지 끝으로 밀려나온 기억을 건져낸다. 사실 기억은 정확한 단어가 아니다. 그러나 무언갈 건져낸 기억이 있어서 나는 그때부터 그것을 기억이라 불렀다. 확실하지 않은 것들을 기억한다고 말하는 순간 편해졌다. 마음이 편한 건지 머리가 편한 건지 헷갈렸지만 무엇이든 나에게 안식을 준다는 건 소중했다. 저수지 끝에서 다시 시작된 물결은 한가운데까지 힘차게 헤엄쳐 가고, 나는 그 물결을 조용히 바라보면서 기억을 정리했다. 물결은 조금씩 멀어져, 다른 물결을 만난다. 물결들이 뒤섞이며 유약해지다 방향을 잃는다. 저수지가 된다. 나는 그때까지도 바라보고 있었다. 기억을 쥐고 있다는 것도 새까맣게 잊을 만큼, 나도 저수지 속에 있는 것 같았다. 기억을 꼭 쥐고 가라앉는 것 같았다. 누가 건져내 줄 것 같았다.

# 빨강

　일요일엔 햇빛도 느릿느릿 기어든다. 얼었던 아침이 녹아서 달그락거리는 소리를 가만히 듣는다. 듣고 있으면 어제 고양이 울음소리도 잊히고, 듣고 있으면 미안한 마음도 눈 녹듯 사라지고, 듣고 있으면 미뤘던 일들도 해결된 듯 홀가분해지고, 듣고 있으면 까먹었던 노래 제목도 생각이 나고, 듣고 있으면 이맘때 생일이 있었나 반추하다가, 이젠 일어나야겠다.

　생활이 부족한 건 아닌데 어떤 마음이 들어서 글을 쓰게 된 걸까. 글은 무엇일까. 그런 무서운 질문들을 겁도 없이 집어 들고 엄마 앞에 자랑해 보이는 아이를 추억하다가, 나는 이디쯤에서 영원한 잠을 청하고 있는지 궁금해진다.

　이런 꿈을 꾸었다. 몸을 뒤척이다가 누워 있는 나를 내가 바라보는 꿈. 이런 건 복권일까 시일까. 친구에게 전화를 걸어서 언제 한번 술이나 먹자고 했다. 너는 무얼 하고 사니. 내가 어떻게 사는진 묻지 말아줘. 그럴 거지? 마음이 편하다.

질문들을 쓸어다 문밖에 내다 버리고 가구들을 여기서 저기로 옮기고 나면 얼추 저녁이 올 것 같았다. 맛있는 고기와 술을 사뒀어. 작은 발을 가진 햇빛 아래 손을 집어넣고 우리는 사랑을 할 거야.

# 제목없음


좋은 글 한번 써보자고 했을 때, 그 다짐을 되돌릴 수 있다면
그렇게 하고 싶다


글 쓰지 않고도 충분히 잘 살 방법을 알려고도 하지 않았던
그때, 그 시간을 다 되돌릴 수 있다면
정말 그렇게 하고 싶다


그러나 이미 굴러가 버린 눈덩이
언젠간 봄이 오려나


천천히라도 좋으니 봄이 와
그 죄책감을 다 녹일 수 있다면,


무슨 말을 하고 싶어서 글을 쓸까 무슨 말을 못 해서 글을
쓸까 사랑아, 이렇게 부르면 또 현현하듯, 선명해지는 사랑아
나는 죄가 많아서
그런데 갚을 길 없어서

오늘도 슬픔에 이를 길 없이. 몽롱하기만 한 하루를 시작해본다
아무도 모르게 울어본다
그 어느 때 우리 아빠가 그랬던 것처럼
썩은 가슴으로 봄을 꿈꿔 본다


그래도 씻기지 않는 죄
오래도록 지워지지 않는 기름때처럼


아버지 등에 업혀서 바라보던 노을은 시였던가 술 취한 밤,
무슨 얘기를 했는지 무슨 상처를 줬는지 그냥 다 미안해 미안해
　새가 울고
　그 옆에 조그맣게 앉아서 나도 변명 없이 잠들고 싶다


　작은 불씨도 남지 않은 방안에서
　사라지는 일은 언제나 그렇듯 흔쾌히
　준비 덜 된 밤의 마음으로, 부끄러워진 손으로, 그래서 절대
뒤돌아보지 않는 너를 위하여 펑펑 터지는 꽃처럼

아무리 생각해봐도 사랑은
그러나 아름답다

# 제목있음

  글마다 제목을 달아주지 않아서, 사람들은 나에게 '그 글 좋던데' 라고 한다. '그 글이 뭐냐' 고 물으면 '그 있잖아 그 글' 이라고 되묻는다. 나는 다시 '그때 그 글인가' 라고 묻고 사람들은 '아니 그 글은 아니야' 라고 답한다. 나는 더 이상 묻지 않고 사람들도 더 이상 말하지 않는다. 좋은 게 좋은 거니까. 좋았으면 된 거니까. 더 좋은 글 써야 한다는 강박에서 벗어나기 시작했을 때도 그 글을 썼을 즈음이었겠지. 그런 글이 있다면 난 그 글을 제일 사랑한다고 말할 것이다. 글을 사랑한다는 건 이젠 좀 뭐랄까 글이 대단해서도 아니고 내 취향이 고급이라서도 아니고, 서글프단 말이다. 그 글이 서글퍼서가 아니라 그 글을 쓰면서 어떤 것이든 인정하게 된 내 모습이 서글퍼서 그렇다는 말이다. 사람이든 물건이든 인정하는 모습엔 두 가지가 있는 것 같은데, 첫 번째는 존경이고 두 번째는 반성이다. 나는 자주 후자다. 가장 작은 자세를 하고 그런 일들을 받아들였으니까. 어쩌면 피어보지도 못하고 꺾이는 꼴이 두려워서 타협한 것일 수도 있다. 그 글에선 나를 죽였을지 몰라도 나는 절대 나를 죽일 용기가 없었던 것일 수도 있다. 이제 나는 말도 잘 듣고 화도 잘 참는다.

'그 글은 그렇게 완성된 거야. 하지만 그 글을 거의 다 썼을 때는 어떤 말로 마무리해야 될지 알 수 없었어. 내가 아닌 것 같고, 내 삶이 아닌 것 같았거든. 거짓말도 아니지만 진심도 아닌 거. 그래서 그 글엔 제목도 없고 나도 없는 거. 대신 이렇게 적었었지.'

사랑해줘.

# 나무처럼

　나무는 오래된 흙을 붙잡고 아등바등 살았다. 노을이 지고 있었고 나도 어느 정도 답을 정해둔 참이었다. 이제 그렇게만 하면 된다고 믿는 것에 기쁨을 느꼈다. 벌써 이룬 것 같이 기뻐서 누구에게라도 전화를 걸고 싶었다.

　나 이제 살 거야. 잘 살 거야.
　그렇게 말해주고 싶었다.
　그럼 전화를 받은 이는 그래 그럴 거야,
　하고 분명하게 말해줄 테지.

　덩굴 숲과 터널을 지나 한적한 정거장으로 기차는 들어선다. 손이 무거운 여객 한둘이 내려서고 올라탄다. 창밖으로 노을의 긴 여운에 밟히는 그림자들을 훔쳐보면서 나는 또 생각했다. 내가 내려서야 할 곳에 대해. 생각에 잠기는 동안 슬그머니 기차가 정거장을 통과한다. 시시각각으로 바뀌는 창밖의 풍경을 바라보다가, 가장 깊은 어둠 속에서 여린 얼굴을 발견한다. 상념에 갇힌 불안의 얼굴. 미세하게 떨고 있는 미래의

얼굴. 헤어진 사람에게 보내는 편지 같은 내 얼굴. 늘 무언가
를 반추하며 산다는 건 힘든 일이다. 어둠 속에서 결단을 내리
는 일이다. 그럼에도 헤아리고 싶었다. 기차는 끝없이 통과하
고 나는 끝없이 도망칠 기회를 놓친다. 그러나 모르겠다. 시
간이 다 되어 나도 여느 여객들처럼 내려섰을 땐, 여기가 정답
인지 오답인지, 이젠 또 어디로 가야할지 몰랐으니까. 그저 빈
손을 든 채 흔들리고 있었으니까.

# W에게

머리랄지 마음이랄지, 어쨌든 내 안에서, 피는 언어라는 꽃에 대해 나는 아직 꽃말도 붙여주지 못했어. 게으르게 눈을 뜨고 무던하게 꽃잎을 바라봤지. 조금씩 시들어가는 시간에 대고 시간은 또 있다고, 믿음을 주었지. 믿음만 주었지. 시간이 썩었을 때, 나는 분갈이를 할 줄도 몰랐지. 집을 떠나지 않는건 너나 나나 똑같다면서.

아주 오래 전『무한화서』란 책을 선물 받았어. 나는 선물을 받은 그날 밤에 바로 책 빈 자리에 "우리 만났으니, 불가피한 것"이라고 써두었어. 그리고 끊임없이 읽기로 약속했어. 몇해가 지났을까. 이 책을 선물해준 형은 시인이 되었고, 나는이 책을 다시 펼쳤어. 형은 언어가 실패했다는 느낌을 알게 된걸까 궁금해. 나는 여전히 내 언어가 마음에 들거든. 내 언어속엔 결별조차 없거든. 아프기가 싫거든.

어릴 땐 사마귀가 싫었어. 사마귀를 밟으면 사마귀보다 긴그림자가 튀어나오곤 했으니까. 죽었어? 응 죽었어. 움직이는 건 죽음뿐이었어. 한산한 운동장 위로 태양이 지나가고 있었지. 죽음이 천천히 죽어가는 것을 보면서 엉겨붙는 모래에 괴로워하는 것을 보면서 축축한 외로움이 말라가는 것을 보면서 나는 배가 아팠어. 몸속을 기어다니는 어둠이 나를 조종하겠지? 때가 되면 한산한 오후 흰 눈 같은 가족들 앞에서 나도 말라가겠지?

'분명'이라는 단어를 좋아하게 되었어. 눈이 맑아지는 기분이거든. 세상의 모든 것은 분명하게 존재하지. 분명한 행복. 분명한 꿈. 분명한 사랑. 어떤 섯이든 분명하다고 밀하면 분명해지는 힘을 이 단어는 가진 것 같아. 그건 뚜렷한 감각 같은 것과는 조금 달라. 일종의 신앙일 수도 있어. 죽음을 코앞에서 보고도 나는 죽음을 믿지 않았어. 사후세계가 있을 것만 같았지. 그런 건 정말 거룩해서, 저절로 경건해지니까. 하지만 검게 썩어 있는 시간이 흐르는 이 방안에서 나는 곧 깨달았어. 죽음 이후는 없다는 걸. 그제야 죽음을 믿을 수 있게 되었다는 걸. 그러니까 어쩌면, 내 시가 분명한 죽음 이후를 말하고자 한다면 정말 시가 될 수 있지 않을까. 그런 분명한 가정을 세우게 된 거야.

내 언어의 꽃말을 이제야 지어주고 싶게 된 거야.

# 빈틈

분명하게 말하는 연습을 하다가 손가락 사이로 빠져나가는 바람이 마음을 쓰리게 한다. 낡은 말들을 다 어떻게 버려야 할지 골몰하다가 눈물이 났다. 아침부터 이런 식이란 게 믿기지 않았다. 다가올 봄도 한정수량이면 어쩌지. 어디에 가면 줄을 설 수 있는 거지. 저 빈틈 사이로 보이는 노을에 대고 혼잣말로 털어놓았을 때. 여전히 손가락 사이를 빠져나가고 있는 낡은 말들에 대해 이별을 전하려고. 끊임없이 헤어지고 끊임없이 재회하는, 어처구니없는 이 사랑을 지속하게 만드는 겨울의 틈바구니에서 놓치고 붙잡고 찾아온 것들을 외면하고 그리워하면서. 메워지지 않는 빈틈을 그러나 사랑했다.

# 자취방 2

기침을 하면 벽이 들썩거렸다. 소박해지지 않는 거짓말을 거느리며 살았다. 아이들의 마음은 한 번 배신을 느끼면 돌아오지 않는다지. 몸은 귀신처럼 남아 내 등에 올라 탄다지. 나는 오래도록 외톨이였다. 오와 열을 맞추고 선 아이들은 어쩌다 헐거운 행간이 생겨도 나를 끼워주지 않았다. 나의 자리는 언제나 여백이었다. 나는 오열할 수도 없었다. 기침을 할 때마다 모서리에서 내가 튀어나오는 기분. 아이들은 기분을 잡친다. 너희들에게 내가 그렇게 소스라칠 존재이니? 나는 처음 말을 꺼냈고 돌아온 건 대답이 아니었다. 대화가 아니었다. 아이들은 줄지어 움직인다. 다칠 일 없는 아이들의 불행은 내 얼굴에 남았다. 나는 이 낙서를 지울 수 있는 지우개를 찾으려, 온종일 기침을 한다. 친구끼리 그러면 안 돼. 그래도 친구인 건 맞으니까. 너희가 친구가 아니면 무엇이겠니. 마땅한 단어가 없어서 차라리 사랑하기로 했던 아이들이 이제 어른이 되어 떠난다. 내 어깨를 토닥이며 다시는 만나지 말자. 그래 다시는 만나지 말자 거짓말들이여. 바람이 분다. 촛불을 켜고 시집을 펼친다. 글자가 없다.

# 낮달

새달은 아직 만들어지지 않았다. 빛나는 발굽으로 하늘을 뚜벅뚜벅 걷는 사슴들이 달빛을 채우고 있다. 우리의 진짜 새 출발은 달이 비워지기 시작할 때부터.

한동안은 본격적이라는 말을 즐겼다. 본격적으로 시를 쓰고, 본격적으로 세수를 하고, 본격적으로 밥 먹기. 본격적인 생활과 본격적인 사랑과, 본격적인 꿈을 연습했다. 꽉 차서 구석이랄 것도 없는 단어였다. 채우기 위해 종이와 연필이 필요했다. 내 모든 가능성은 비워진 것으로부터 시작되었던 것이다. 새하얀 길이 아니라면, 긴너고 싶지가 않았다. 눈을 부릅 뜨고 내가 걸어야 할 길에 본격적으로 발자국을 남기고 싶었다. 처음에 대한 욕심. 아무도 하지 않은 것에 대한 욕심. 그런 게 내 삶을 영위하도록 두었다.

하지만 실패도 거듭했다. 가능성이란 실패의 희망적인 구사에 불과한 거니까. 이해했다. 실패와 이해가 크레이프 케이크처럼 겹겹이 쌓여 익어갔다. 나를 위로해준 이들은 내 지층을 이해하지 못했다. 그런 관계의 허공 속에서 내 울음소리는 깊어만 갔다. 몸속 가득한 울음소리가 더부룩한 날이 있었다. 술을 잔뜩 마시고는 나는 그것들을 게워냈다. 토를 하는 건지 통곡을 하는 건지 그날의 골목만이 안다. 그날의 골목만이 내 비밀을 안다. 나는 그때 알았다. 비밀이 위로라는 것을.

이제 좀 잘 살아야 되지 않겠느냐. 그런 말을 즐기게 되면서 나는 본격적으로 못사는 사람이 된 것 같다. 본격적이란 말을 버리고 그 자리에 본질적이라는 말을 집어넣었다. 본질적으로 시를 쓰고, 본질적으로 머리를 감고, 본질적으로 건강해지기 위하여. 본질적인 사랑과 본질적인 고독과, 본질적인 꿈을 연습했다. 있는 그대로 보고 느낀다는 것은 참으로 어려운 일이었다. 해석으로 침침해진 눈을 닦아내는 데 있어 정직함은 필요 이상의 통증을 요구하는 듯했다. 나는 여전히 그걸 잘 못한다. 본질적인 인간이 되지 못하고 있다.

달이 조금씩 차오르지만 날씨는 꽝꽝 얼었다. 얼음 속은 꼭

비어있는 것만 같다. 식어가는 별들도 꼭 얼음 같겠지. 투명하
지 못한 달만이 태양의 잔해로 자신의 몸을 채우는구나. 그렇
담 달도 비워지기 시작할 때, 비로소 본질적인 달이 되겠구나.
나는 그런 때를 기다리고 있다. 내 몸속을 어지럽게 굴러다니
는 무수한 것들을 투명하게 비워내기를 기다리고 있다. 투명한
내가 되어 유언처럼 살아있다고 말할 수 있기를 기다리고 있다.

이 수많은 글자들을 보고 있노라면, 이 글자들이 다 어디서
왔는지 생각하고 있노라면, 머리가 까마득해지는 기분이다.
연고도 없는 타지에서 오직 나만을 믿고 서 있는, 이 글자들이
내 유일한 식솔 같아서. 너희들에게 새달엔 좋은 식사를 대접
하고 싶은데, 밖이 여전히 추워서 내 품에서 내놓지 못한 말들
이 더 많다. 입술 같은 것들. 투명한 내가 될 때까지 나를 투명
하게 만들 것들. 나는 그런 것들을 위해 살기로 했다.

진심으로 살고 싶어졌다. 무거운 몸이 달이 있는 쪽으로 기
우뚱, 쏟아진다.

# 아직은

떠나는 일 당분간 없을 것이다. 나는 굳게 닫힌 문*처럼 서서 마음이 도망칠 수 없도록 온종일 감시했다. 마음이 내 안에 있다는 것보다 행운인 일이 없어서 나는 조금 가혹해지기로 했다. 행운을 지키기 위해서 행운을 걱정하는 것만큼 불행한 일도 없어서 웃었다.

그래. 웃었다. 방 한 켠에, 무릎에, 얼굴을 가두고서 숨죽여 울고 있는 마음을 바라보며.

나는 이 슬픔이 지나갈 것이라 생각한다. 너는 어떻게 생각할지 모르지만, 너의 생각은 어쩌면 나에게는 이제 중요한 게 아닐지도 모른다. 마음아. 너는 여기서 잘 살 수 있다는 걸 알아야 해. 너도 여기서 충분히 웃을 수 있다는 걸 알아야 해.

그러자 마음이 고개를 들고 나를 봅니다. 나는 갑자기 경건해져서 두 손을 가지런히 모았습니다. 문밖엔 이미 바람들로 가득합니다. 나는 내가 문인지 벼랑인지 헷갈리기 시작했습니

---

* 박소란, 『한 사람의 닫힌 문』

다. 마음에게도 손이 있어 나를 겨울 밖으로 밀어내는 건 아닐지. 의심이 버드나무 줄기처럼 흘러내렸습니다. 마음은 나를 잠자코 바라보고만 있습니다. 기도가 필요할 것 같다는 생각이 들었습니다.

당신에게 할 말이 없습니다. 우리 사이에 놓인 이 침묵만이 우리의 거리를 가늠하게 만들죠. 당신은 나에게 다가올 수 없습니다. 그때 우리 사이도 이미 끝난 것입니다.

바람의 굵은 어깨들이 등을 밀칠 때마다, 나는 덜컹거렸다. 새로운 말들로 마음을 회유하고 싶었다. 그러나 내 손은 이미 무섭게 식어 있다. 아무도 열지 않을 것이다. 내 안에 이토록 많은 행운이 있습니다. 여러분 내가 여러분들을 행복하게 해줄 수 있습니다. 나는 이제 슬프지 않아요. 괜찮습니다. 내가 여기 있다니까요.

바람에 지우는 말. 겨울의 속도가 이토록 빨랐던가. 바람결

사이로 지워지는 표정들. 겨울의 거울 속엔 아무것도 남기지 말라 했던가. 마음의 머리가 조금씩 작아진다. 그러나 어쩔 수가 없다. 나는 결박된 기억이다.

# 연금술!

그 골목에는 노란 꽃이 가득 피어있었다. 꽃잎마다 엉겨 붙은 햇빛을 바라보면서, 귀신은 그것이 꼭 왈츠 같다고 했다. 나는 왈츠는 잘 모르고 셔플 댄스는 안다고 했다. 귀신은 왈츠나 셔플 댄스나 어떤 면에선 똑같기도 할 거라며, 내 귓가에서 홀연해지고 있었다. 빽빽한 노란 꽃 사이로 가끔은 흰 꽃이 피었다. 흰 꽃에는 나비가 얼굴을 묻고 죽어 있다. 꽃잎보다 얇은 날개가 힘없이 떨리다가 툭 하고 떨어져 나갔다. 나비는 날개가 없으면 아무것도 아니었다. 나비는 기다렸다. 수술처럼 박힌 몸을 바람에 맡기고, 뿌리가 된 얼굴로 컴컴한 그곳에서 알 수 없는 표정을 지으며, 기다렸다.

4년 전 봄의 일이다. 꽤 쌀쌀하다 싶었던 저녁, 나는 혼자 문과대학 앞에 심긴 플라타너스 나무 아래 벤치에 앉아 시간을 보냈다. 플라타너스의 이파리는 가을까지 우거진다. 아직은 파란 이파리들이 샘 많은 바람에 흔들거리는 소리가 나지막이 들려왔다.

예술을 한다는 건 어려운 일이구나. 이 사람은 무엇 때문에 이토록 힘들어 했을까. 아니 그냥 조금은 쉽게 갈 수도 있는 것 아닌가. 죽음을 자꾸 입에 담으니까 일찍 죽은 거야. 랭보의 시집과 나무위키를 번갈아 읽으면서, 나는 랭보가 어리석다고 생각했다. 어떤 예술도 본인이 죽으면 의미가 없는 것 아닌가. 내가 하고 싶은 말을 할 수 없는데, 왜 자꾸 죽음과 지옥을 두려워하지 않는지 이해할 수 없다. 이토록 좋은 날씨에 조금이라도 즐거울 수는 없었던 걸까. 아주 조심스럽게 왈츠를 추는 발처럼 조용히 사라지는 태양을 바라본다. 이제 시집을 덮어야 할 것 같다.

나는 걸었다. 기숙사까지는 걸어서 15분 정도가 걸렸지만, 나는 어떻게 하면 1시간 만에 기숙사에 도착할 수 있는지 알고 있었다. 어떤 길엔 벌써 벚꽃잎이 다 피어 있었다. 사람들은 어두운 정각 밑에서 술을 마시고 있었다. 시끌벅적한 소리가 멀어질수록 학교는 커졌다. 나는 조금 더 돌아가 보기로 했다. 텅 빈 학군단 운동장이 나오고 그곳을 가로지르면 작은 오솔길이 있었다. 이름 모를 나무들과 철쭉이 가득 우거져 있는 오솔길. 그리고 그 사이로 난 희미한 가로등 불빛을 두 발로 짚어가며 나는 이제 생각이란 걸 해볼 참이었다. 어떻게 하면 졸업하고도 계속 글을 쓸 수 있을까.

많은 것들을 내려놓을 만큼 나는 자신이 있을까? 랭보는 목숨까지 내놓았는데, 내가 내놓을 수 있는 건 뭘까? 시인들은 왜 이렇게 다들 아픈 것인지. 그들과 비교하면 꽤 유순한 인생을 살아온 나에게 시는 어쩌면 과분한 양식이 아닐까? 서글퍼졌다. 철쭉으로 시를 쓰는 사람들이 그리워졌다. 어떤 이름을 부르면 그 이름을 가진 사람의 냄새가 계절이 된다. 나는 그러나 마땅히 불러 볼 이름이 없었다. 랭보는 너무 멀었고, 형은 아직도 눈을 뜨지 않으니까.

터벅터벅 야트막한 오르막길을 오르니 기숙사가 보이기 시작했다. 기숙사엔 벌써 층층이 불빛이 환했다. 지금은 저곳이 나의 집. 친구를 불러내 편의점 앞에서 맥주나 마시고 들어가야겠다고 생각했다.

　기숙사 앞에는 작은 연못이 있었다. 많은 친구들이 그 앞 벤치에서 썸도 타고 고백도 하고 첫 키스도 했다는 걸 안다. 그 때문인지 나는 그 벤치에 혼자 앉아 누군갈 기다리는 게 퍽 어색해서, 그 옆에 아무렇게나 놓인 바위에 앉는 걸 좋아했다. 연못의 습기와 겨울의 흔적이 뒤엉켜서 항상 조금은 축축한 바위였다. 친구가 내려온다고 했다. 전화를 끊고 무심히 바닥을 보는데 발밑으로 노란 꽃들이 가득했다. 귓가에 어떤 시가 맴도는 것 같았다. 나는 가리라, 멀리, 가리라,* 자꾸만 그러는 것 같았다.

---

\* 아르튀르 랭보, 「감각」

# 자취방 3

홀렁홀렁 옷을 벗어 던지듯이 나는 세상의 바깥을 꿈꾼다. 그곳은 춥고 위험할까. 가끔은 내가 안전하다는 착각에 작은 용기도 사라지고. 덫에 걸린 것처럼 한마디 말 앞에 오래도록 주저앉아 있었다. 시간이 약이라는 말을 연고처럼 입술에 바르고 기다렸다. 입술에 피가 도는 기분이 들 때까지 기다렸다. 그때도 문을 연 건 내가 아니라 너였다. 항상 네가 먼저 나갔다. 나는 남을 건지 따라갈 건지 선택해야 했다. 너는 바깥에 서서 나를 바라보고 있다. 벽에 달라붙은 너의 그림자를 보면서 나도 그런 그림자를 가질 수 있을까 생각한다. 나도 그런 그림자를 가질 수 있다면 용기를 내볼게.

겨울엔 겨울의 언어로 말해야지. 차갑고 투명한 글자들이 내 어깨에 내려앉았다가 흔적도 없이 사라지고 있었다. 나는 그때도 슬픔이란 걸 몰랐다. 테두리부터 흩어지고 있는 너의 뒷모습을 보면서도 지구는 끝이 없다고 믿었다. 놓칠세라, 나는 바깥으로 발을 내밀었다. 깜깜한 공중이었다. 나를 밀어주거나 받쳐주거나 포기하는, 그런 일들이 일어나지 않는 곳. 스스로 일어나는 법을 배운 적 없다는 사실을 그제야 깨닫는 곳.
스스로 빛을 낼 수도, 스스로 움직일 수도 없는 곳. 스스로라
는 말이 용기가 되는 곳. 방안 가득한 외풍도 가난의 의지였다
는 걸 나는 알아버린 것이다.

　　그러나 나는 동시에 허청허청 떠나가는 너를 바라보며 하나
의 자세를 떠올린다. 우리는 모두 미끈거리는 물살의 손목을
잡으며 생을 준비한 적이 있었네. 전생처럼 느껴지는 나의 작
은 집엔 사전도 없고 규칙도 없었으나, 바깥에서 들려오는 아
름다운 피아노 소리와 웃음소리가 있었네. 소름이 끼칠 정도
로 선명해지는 기억 앞에서 나는 마치 처음 눈을 뜬 듯이 이
어둠이 익숙하다. 인생은 언제나 안에서 바깥으로 나가는 것
이다. 문턱보다 높고 가득한 어둠 속으로 투신하는 것이다. 견
디면 색깔이 만들어진다. 용기의 색깔이. 언어의 색깔이. 슬픔
과 고독의 색깔이. 허영과 오독의 색깔을 걷어내면 가난의 색
깔이. 가난을 뒤집으면 사랑의 색깔이. 모든 입술의 색깔이.
만들어진다.

여기서도 너와 한소끔 살아갈 수 있을까. 너를 따라 허청허청 움직일 때마다 생겨나는 이 길을 뭐라고 부를까. 지구에는 없는 지도를 다 만들고 나면 또 문이 생길까. 그때 나는 또 바깥으로 갈 수 있을까. 그때 너는 또 나보다 먼저일까. 움직일 때마다 생겨나는 이 궁금증을, 이 소박한 꿈을 나는 벌써 믿는다.

　믿으면서 허청허청 자세를 완성한다.

# 잠

오늘은 결단하는 마음으로 잠들어야 하네. 눈을 꼭 감고 내일은 없다는 듯 잠들어야 하네. 꿈속도 헤매지 말고 숲길도 맨발로 걷지 말고, 깊은 어둠이 되어야 하네. 한 줄기 사랑의 빛도 바라지 말아야 하네. 오늘은 그래야만 하네.

# 편지쓰기

　편지를 쓰고 싶지만 이름도 주소도 모르니까, 나는 그저 이 밤을 편지처럼 접습니다. 반으로 접힌 밤은 그렇지 않은 밤보다 더욱 깊은 어둠을 가졌듯, 무언갈 접는다는 건 정말이지 기억에 남을 만한 일이라 생각해요. 자국이 남고 되돌아갈 수 없단 사실까지 깨달아버리면, 고개를 들 수 없습니다. 반으로 접힌 종이처럼 고개를 푹 숙이고 가슴팍에 드리운 어둠을 바라볼밖에요.

　어떤 날은 눈을 뜨는 것만으로도 괴로웠다. 이쯤 되면 괴로움과노 친구가 될 수 있지 않을까 생각했다. 괴로움을 내 앞에 앉혀두고, 나를 괴롭게 만든 그 친구 욕이나 실컷 해두려고 마음먹었다. 그러나 괴로움은 괴로운 표정을 짓지 않고, 괴로움은 얼굴도 없고, 괴로움은 불러도 불러도 괴롭지 않은 것이었다. 나는 허탈해져서 괴로움도 떠난 마당에 아예 마음이란 걸 버릴 작정이었다. 마음을 버리면 웃을 일도 울 일도 없겠지. 나도 표정을 짓지 않고, 얼굴이 없고, 누가 불러도 뒤돌아보지 않겠지.

그러나 삶이란,

  아 이런 말은 너무 무겁다. 삶의 무게를 알지도 못하면서 들어보려 할 때마다 좌절했던 어떤 날들에, 교훈도 얻지 못하고 또 함부로 삶이란, 하고 발음해버렸다. 오늘 맞으면 내일 틀릴 것. 내일 고치면 어제는 잊혀지고. 과거가 중요하다는데, 나는 글자를 믿는 사람이면서 과거는 그리 중요하지 않았네.

  종이에 빼곡한 글자들은 이미 썩었다네.
  너무 많은 거짓말을 했다.
  이런 마음은
  버릴수록 죄가 될 것 같다.

  미안하지만 어떤 이름이라도 적겠습니다. 이름을 적으면 이름으로 인해 태어나는 것들도 있으니. 그리고 작은 우표를 사서 어디로든 부치겠습니다. 숫자 몇 개와 오래된 길로 이뤄진 주소 위에 사시는 당신의 얼굴을 나는 모르지만, 그래도 사랑을 전합니다. 편지를 펼치면 과거의 밤하늘과 별들이 자욱하겠죠. 그것이 당신에게 어떤 의미로 내려앉을지. 두려움이 앞섭니다. 그러나 적어도 나에게는 이제 악의는 없습니다. 오욕은 버린 지 오래되었습니다. 이것은 그저 전파입니다. 길을 걷다, 문득 고개를 드는 당신입니다.

# 5월 9일

아버지, 행복하세요. 항상 건강 챙기시고 요즘 술이 많이 줄었다니 다행이네요. 조카들 하얀 얼굴을 보세요. 아름답고 사랑스럽고 이런 감정은 아무리 오래되어도 생생합니다. 올해는 이 따스한 지방에도 눈이 내리네요. 대체로 포근합니다. 제서울살이도 걱정하지 마세요. 잘 지내고 있습니다. 보일러도 잘 돌아가고요. 겨울이지만 겨울 같지 않게 넉넉한 마음으로 잘 걸어가고 있습니다. 아버지 지나가는 말로 항상 저보고 하고 싶은 거 다 하라고 해주셨지요. 요즘 들어 그 말씀이 참 든든합니다. 늘 제 뒤에 아버지가 계신 것만 같습니다. 가끔은 남들 다 돈 벌고 결혼할 나이에 공부만 하고 있다는 게 두렵기도 하고 지치기도 합니다. 힘든 길도 맞는 것 같습니다. 그래도 아버지께는 힘들지 않고 즐겁다고 말합니다. 또 그게 거짓말이 되는 게 싫어서 더 열심히 하고 제 스스로를 다그치기도 합니다. 그럼에도 정말 모든 걸 포기하고 싶을 때도 있습니다. 안개보다도 더 짙게 깔린 어둠 속을 손으로 짚어가며 걷는 기분이 들 때도 있습니다. 아버지 어제는 대뜸 마스크 끼고 있으면 안경에 김이 서려서, 앞이 어떻게 보이느냐 물어보셨죠. 저는 그냥 괜찮다고 했습니다. 그런데 그 일상적인 질문이 오늘 혼자 있는데 자꾸만 일상을 벗어나는 듯합니다. 김 서린 안경이 꼭 오늘 이 어둠 같고, 아버지 고심한 듯한 그 말투가 자꾸 어떤 메타포가 되어서 제 마음에 눈처럼 쌓입니다. 종국엔 괜찮다고 말하는 힘의 원천이 아버지께 있는 것이라는 결론을 내고 또 인생의 한소끔을 살아갈 수 있을 것 같습니다. 이런 희망의 여력도 아버지 생일을 기념하다 거두는 선물이니, 손은 부끄럽지만 눈물이 나도록 아버지 인생이 고맙습니다.

아버지 행복하세요. 쿵쿵, 심장 떨리는 박자에 맞춰 거대한 기계 앞에서 발을 굴리는 아버지 밑에서 송이처럼 자란 제 얼굴을 보고 사람들이 사랑해줍니다. 꼭 저를 바라보시던 아버지의 표정을 닮은 사람들이 여기에도 있는 것입니다. 저는 이제 사랑의 문법을 확정했습니다. 아버지께 배운 글씨와, 아버지 발을 닮은 제 발은 여전히 서툴지만 잘 말하고 잘 걷습니다. 요즘은 발가락들이 하염없이 자라 뿌리내리는 상상을 합니다. 어른이 되기 위하여 흔들리고 싶지 않단 욕심이 머리칼

보다 빨리 자라는 것 같고요. 그럴 때마다 저는 어느 겨울 폭삭 무너진 탑 같은 아버지의 어깨를 떠올립니다. 그때 아버지 비극을 저는 아버지 신화로 오독했는데, 그건 믿음이라기보단 미신 같은 것이었습니다. 매일 도깨비 그림 앞에 물을 떠다 놓고 경을 외우시던 어머니를 이해하기 위하여. 저도 한때는 아버지를 귀신처럼 바라보았던 것입니다. 아버지가 돌아오길 기다렸던 것입니다. 시간은 걸렸지만 우리는 그 터널 같은 막막함을 결국엔 건넜습니다. 저는 마냥 좋았습니다. 단단하면 부러지기도 하나, 부러져서도 끝은 아니라는 깨달음이 제 마음에 깊이 새겨졌습니다. 저도 할 수 있을 것 같습니다. 머릿속으로 온갖 기우들이 비구름처럼 흘러 다니지만, 그 아래에서 가끔 온몸이 젖지만, 내일이면 해가 뜨고 저는 다시 재생될 것입니다. 아버지처럼.

아버지처럼, 과 같은 비유는 잘 쓰지를 못합니다. 여전히 아버지가 가벼워질 때마다 세상 한쪽이 무거워지니까요. 아버지 행복하세요. 아버지 얼굴이 좋아 보여서 저도 좋습니다. 오랜

만에 좋은 안주에 술도 기울일 수 있어 더 좋습니다. 아버지와의 대화를 기억하고 싶어서 몇 잔은 거르기도 했습니다. 용서하세요. 전엔 없던 일입니다. 그래도 늦지 않은 것 같습니다. 서울에서도 무언가 두고 내린 일 없는 것 같이 경쾌합니다.

# 여름 거두기

없애려고 마음먹으면 없어지고, 거절하려고 마음먹으면 그 사람의 상처 따윈 더 이상 내 알 바가 아닌, 그래 놓고 꽤 잘 살아온 척하는 사람들과 어울려 보는, 나는 잘못된 걸까. 방안에는 버튼이 많다. 크기도 색깔도 다양한 버튼들이 나를 에워싸고 있다. 그러나 이 중에서 어떤 걸 눌러도 나는 원하는 곳으로 되돌아갈 수 없다. 그런 게 슬프다.

책임이라는 말을 그래서 배우는 거라고 나는 스스로를 오래 다독인다. 책임감 있는 인간이 되려고, 지킬 말만 하려고, 그 여름을 거두었던 것처럼. 거둬서 곱게 접어서 쓰지 않는 여름장에 넣었던 날처럼. 여름장에서 여름이 보관되는 것은 내가 생각한 최선의 책임이었다. 그러나 여름은 어느새 만연하다. 문을 열면 여름이 있다. 그런 게 슬프다. 책임을 다 배웠더니 책임은 책임만으로 안 되는 것도 있단 걸 가르쳐주었다.

쉽게 희망할 수가 없다. 어떤 사랑이라도 자꾸 이면을 바라보고자 하면 괴롭다. 나는 자주 가만히 누워서 내가 사라지면 어떨까 하곤 상상했다. 그러면 엄마는 울다가 쓰러지겠지. 아버지는 다시 담배를 태우시겠지. 집에 빈방이 생기기도 하겠지. 아무도 자지 않고 문도 열 수 없는 방이. 그런데 그런 일들은 일어나지 않을 것이다. 나는 사라질 수가 없으니까. 다만 희망하기 위해서. 정말 단순해지기 위해서. 그런 상상이 필요해서 했을 뿐. 죽음을 갖고 노는 어마어마한 죄를 숨긴 채, 나는 희망을 발음하기 위해 나를 몰아세운다.

그런데 내가 끝에 다다르면, 그 끝은 항상 벼랑 아닌 벽이었다. 너무 안전한 삶이다. 안전한 삶 속에서 하는 위험한 상상은 얼마나 자유로운 예술가를 취하게 만드는 압생트 같은 것인가! 나는 압생트 같은 술은 마셔본 적도 없고 프랑스의 그 위대한 시인들의 시를 다 읽어본 일도 없지만, 그런 것들에 공감하지 못하는 처지도 아니라고 생각한다. 비록 다들 나를 인정해주지도 않고 내가 누군지도 모르겠지만, 나는 예술을 사랑한다. 자신 있게! 시를 사랑한다. 시에 대한 아름다움을 말하기 좋아하고 시에 대한 아름다움을 말하기 싫어하는 사람들을 내쫓기를 좋아한다. 그런데 이런 사랑도 마냥 합리화만 되면, 희망도 뭣도 아니다. 사랑이 충만한 벽 안쪽에서 내 위험한 도발은 진실한 도발이 아닌 것처럼. 나는 위험해지고 싶다.

그런데 지금 무르팍에 든 멍을 보면서는 바세린을 찾고 있다. 이런 게 인생이라면, 과감히 실패라고 말해버려도 달라질 건 없겠다 싶은.

그러니까 어쩌면 더 안전해지고 싶은 걸 수도 있다. 안전해져서 안정을 찾을 때까지 사람들 앞에 나를 세우고 많은 손을 바라고 많은 눈길을 바라는 걸지도 모르겠다. 비참하지 않나? 사랑받지 못한다는 예감은 누구에게나 문득 온다. 지금 당장 나에게는 전화할 가족과 애인이 있지만, 그렇다고 해서 이 모든 말들이 위선이 되리라고는 생각하지 않는 것처럼. 누구도 해결해주지 못하는 괴로움이 나를 몰아세울 때, 내 몸은 쪼그라진 나뭇잎 같다. 그럴 때면 축축한 여름이 더 그립다. 그런 게 슬프다. 하지만 꺼내지 않는다.

그러려고 거둔 것이었다.

# 2부

# 여력이 없습니다

한때 내가 좋아했던 말. 나에겐 이제 예전과 같은 일이 일어날 수 없다는 사실을 예쁘게 말하는 것.

어떤 일을 하다가 미진한 기분이 들면 나는 나를 불러 벽 앞에 세워두고 몇 시간이고 지켜보았습니다. 다리를 부들부들 떨고 식은땀을 똑똑 떨어뜨리는 나. 그러나 이 침묵과 감시만이 내 일을 있게 할 것이 분명해요. 사람도 없고 법도 없는 방에서 그러나 사는 것 말고는 어떤 여력도 없을 때까지 벌은 계속돼요.

다시 열심히 일하는 나. 꺼지지 않는 촛불처럼 나의 눈은 밤을 환하게 만들어요. 차곡차곡 개어 놓은 어둠을 바라보며 슬픔은 질서정연해집니다.

예전과 같이 흐트러진 슬픔이라거나, 슬픈 탓에 흐트러지거나, 그런 일은 상상 속에서도 일어나지 않습니다. 정해진 시간에 울고 정해진 시간에 웃고 정해진 시간에 밥을 먹어요. 상처가 있으면 회복도 있을 거고, 이별이 있으면 사랑도 있을 거예요. 죽는 꿈을 꾸면 더 열심히 오늘을 살고, 행복한 꿈을 꾸면 바닥도 유심히 살피며 걸을 거예요. 모든 시간엔 정해진 양과 순서가 있으니, 나는 저울도 하나 사서 균형이라는 말을 습득합니다.

이제 하루가 잘 가요. 하루가 잘 가면 잘 사는 거겠지, 그러니까 여력도 없는 것이겠지, 나를 벽 앞에 세우지 않아도 내가 방긋방긋 잘 웃습니다.

# 환청 1

거기 있습니까? ……저기요? 내 이야길 들어보세요. 그리 간단한 문제가 아니에요. 외로움에 굴복하실 건가요? 단지 그 외로움 때문에? 외로움이 당신을 먹여 살릴 줄 알았더니. 순 나약한 사람이외다. 저기요, 이봐요. 내 글을 다 모으니까 400쪽이 조금 넘더이다. 400쪽으로 어디 내 외로운 식솔들 따뜻한 밥이나 먹였겠습니까? 전혀요. 시 한 편 팔아서 담배 한 대 피울 수 있었으면 행복이렸죠.

우리는 골목을 도깨비처럼 쏘다녔습니다. 이 술집 저 술집 옮겨 다니면서 시를 썼죠. 그런다고 세상이, 내 외로움이 나아진 줄 아세요? 전혀요. 저는 그날도 취해서 길을 걷다가 죽었습니다. 그러더니 어느 날엔 비운의 천재가 되어 있었더랬죠. 아니 내 새끼들 내 와이프는 이제 어째 삽니까. 내 가족들 외로울 때 나는 뭘 할 수 있습니까. 아무것도 못하죠. 당신이 가진 외로움이요? 그건 진짜가 아닙니다. 욕해도 좋아요. 근데 이거 하난 기억해두세요. 외로움을 아직도 외로움이라 쓸 여력이 있다면, 당신은 외로운 게 아닙니다.

# 소인배

　오늘은 짧은 하루였습니다. 그래서 잠이 아깝습니다. 잠이 적게 남았다는 게 아니구요. 속 편히 잠이 들기가 아쉽습니다. 아깝고 아쉽고 내 마음은 도무지 대인배 같은 면이 없습니다. 자꾸만 내게서 떨어져 있는 것들을 찾고, 그것들과 나 사이 거리를 잽니다. 어제는 이만큼이었는데 오늘은 더 멀어졌습니다. 이별은 여전히 진행 중입니다. 저 멀리 바다 건너 더운 나라에선 소설가가 죽었습니다. 그 소설가가 죽은 자리에서 한 소녀가 울고 있습니다. 그런 영화를 보면서 나는 겹쳐지지 않는 것들에 대해 잠깐 이해했습니다. 혐오스러웠습니다. 어쩌면 세상은 이별에 관한 이야기로 가득 차 있는지도 모르겠습니다. 누가 죽고 누가 떠나고 누가 잊히고 누가 잃고 누가 눈 감아버리고 누가 숨고 누가 밥 먹고 누가 씻고 누가 잠들고 누가 꿈에서 깨고 누가 문을 열고 누가 뒤돌아서고 누가 사라지고 누가 어떻다는 것에 대해 나는 진심으로 모든 언어의 원소는 이별이라는 생각이 들었습니다. 언어가 있는 한 이별은 깨질 수도 없고 변하지도 않는 사실이라는 것을요. 누가 이렇게 견고한 이별을 만든 건지 알 수 없지만, 그래서 원망하기도 어

67

렵지만, 나는 뚜렷해지는 것 같았습니다. 어떤 사건도 일어나
지 않은 조용한 하루였지만, 폭설을 기다리는 마음처럼 나는
벌써 무참해져서 눈을 감을 수가 없습니다.

어떻게 하면 잘 살 수 있나
일기장을 펼치면
재판이 시작되는 것처럼 나는 공손해졌다
피고도 나, 원고도 나, 판사도
나였던 그 재판에서
웃으면서 우는 방법을 배웠다
감옥에 가면 잘 살 수 있게 되나
누군갈 용서하면 잘 살 수 있게 되나
선택의 무게를 알게 되면 비로소
잘 살 수 있게 되나
어떻게 하면 세 사람의 간격을 지워가면서
수많은 사람과 간격을 지워가면서
살 수 있게 되나

잘 산다는 걸 알게 되면 영원히 잘 살 수 있게 되나
나는 모르고
알지만 모르고
모든 것을 받아들여야만 한다

시니피에는 없고 시니피앙만 있다고, 그런 세상에서도 시는
있다고, 또는 그런 세상이 시를 위협할 때 시는 비로소 시일
수 있다고, 세상은 부정하고 시는 긍정하고, 그러나 윤리와 슬
픔 안에서 세상을 구하고, 세상 안에선 벽 쌓으면서도 세상 밖
에선 벽 허물면서, 시는 굴러가고 또 굴러가고, 어마어마해진
시 앞에서 부끄럽지 말자고, 시를 굴려 가는 우리의 손은 정직
한 거울이외다, 숨을 고르며 말하는 그 입술에 나의 입을 맞추
고 당신을 떠나보냈습니다. 그러나 말은 가슴에서 오래도록
살 것입니다. 단 하루라도 영원같이 살 것입니다.

# 환청 2

갖고 싶어도 가질 수 없고, 버리고 싶어도 버릴 수 없고, 마음을 내려놓지만 평범해질 수 없을 것만 같은, 평범한 일상이 어떤 것이었는지를 잊어버린, 잃어버린 말들을 찾아서 책상 밑으로 몸을 구겨보는 유년의, 잃어버린 체온을 찾아서 먼지 쌓인 앨범을 들춰보는 말년의, 억겁의 간격들을 거짓말처럼 거느리고 나타난, 나의, 나의 등장을 연극처럼 바라보고 서 있는, 주머니에서 꺼낼 수 없었던 알사탕처럼 녹지 않는, 우리는 추억, 우리는 불 꺼진 약국, 우리는 창밖을 서성거리는, 낡디낡은 일기장에 적힌 날씨라는 사실을, 갖고 있어도 버릴 수 없고, 버릴 수 있어도 갖고 싶은, 우리는 우리, 우리는 꽃눈.

# 글쓰기 모임

어제랑은 조금 다른 이야기를 해도 될까요. 된다고 말하지 않아도 할 것이지만, 말해도 될까요. 나는 사실 어릴 때 무지개를 본 적이 없다. 첫 문장은 이렇고 나는 사실 어릴 때 무지개를 본 적 있지만 기억엔 없으니까, 느낌이 어떤 것 같아요. 느낌만 말해주면 조금 더 잘해볼 수 있을 것 같은데, 그런 게 아니라니. 앞으로는 된다 안 된다로만 말해주심 안 될까요. 무지개에 어떤 의미를 두진 않았어요. 무지개는 사실 텅 비었어요. 혹은 빛의 눈물. 그런데 빛의 눈물보다는 텅 비어있다는 느낌이 더 좋아서요. 저는 저보다 제 방이 더 슬프게 느껴지거든요. 그런 것처럼, 돌아오지 않는 대답, 빈속, 유리창. 무지개에 어떤 의미도 두지 않음으로써, 의미-두지-않음이 의미가 되게, 철학자들이 보통 자기 개념어를 저렇게 쓰더라고요. 나도 개념을 조금 가져보려고요. 인생과 인생 사이에 줄을 대면 개념이 되나 봐요. 믿음이 생기나 봐요. 그런데 난 여태까지 너무 막살았으니까. 듣고 계신 거죠, 막살아 왔다는데 아무 말도 안 해주니 내가 꼭 거짓말하는 것 같아서요. 지금도 늦지 않았다. 이런 느낌이 나게 마지막 문장을 생각하고 있어요. 어제랑은 진짜 다르지 않나요?

　어쩜 죄송했어요. 우리는 휘청거리기 위해 태어난 오뚝이들
이라고 생각했어요. 머리는 비우고 마음이 무거워야 잘 일어
설 수 있으니까. 분노도 절망도 다 필요 없어요. 그런 다채로
운 감정들이 사랑의 변주였다는 사실을 조금 더 일찍 알았더
라면, 하는 후회만이 진실이니까. 나는 후회하는 마음들은 믿
어요. 그리고 후회하는 마음을 지킬 수 있게 돕고 싶어요. 타
임머신 같은 기계는 영원히 개발되지 않았으면 해요. 우리가
무언갈 바꿀 수 있다는 희망이 얼마나 무서운 일인지, 우리는
시집 한 권만 읽어도 알게 되잖아요. 하루는 시 한 편을 읽다
가 미끄럼틀 타듯 쭉 미끄러져서 어떤 나라에 도착했다. 이렇
게 서사를 주면서 이국 풍경을 묘사하는 건 어떨까요. 쌓인 눈
이 폭폭 밟히는 그런 나라였으면 좋겠어요. 빈, 이라는 꾸밈이
잘 어울릴 듯한, 마치 땅에 내려앉은 무지개 같은 나라. 맞아
요. 그렇게 가버리면 너무 예쁘장한 글이 될 수도 있겠죠. 의
미도 없고 현실과는 동떨어진, 그런데 아름다운 그런데*, 라는

---

* 한인준, 『아름다운 그런데』

제목의 시집 아세요. 나는 그 시집을 한참 읽다가 길을 잃어버린 것 같았어요. 길을 잃어버렸는데, 집이 있겠어요 나라가 있겠어요. 사랑이 있겠어요. 카라가 한가득 피어 있는 평원에서도 길을 잃으면 두려움뿐이지 않겠어요. 그러니까 내 어떤 나라는 길이 없는, 그런 곳이에요. 아름답지 않다구. 또 꽃을 검색했다. 예쁜 꽃이 있으면 그 꽃만 피어나는 나라 이야길 지어낼 심산이었다. 같은 문장을 넣어볼 거예요. 카라는 살면서 볼일이 드물었어요. 그 꽃이 카라였는지 몰랐고, 카라가 그 꽃이었는지 알려고도 하지 않았으니까. 읽는 입장에선 그나마 길을 잘 찾지 않을까요?

나는 허무하다. 허무한 마음이라야 사람들을 세워둘 수 있으려나. 그러나 요행은 요행일 뿐이다. 나는 조금 더 단호하게 허무해지고 싶었다. 마음이 마음먹은 대로 되어가나 싶을 때,

이 부분은 통째로 날리는 게 좋지 않을까요. 그렇죠. 허무하단 마음이 핵심인데 너무 날것으로 나온 거 같아요. 그런데 허

무를 허무라고 하지 않고 어떻게 잘 표현할 수 있을까요. 표정은 이미 익숙해요. 나는 사람들에게 아무것도 바라지 않는다는 믿음을 잘 줘요. 사람들은 내 표정과 말투를 잘 믿어주거든요. 하루는 가만히 벤치에 앉아서 메타세쿼이어 나무 꼭대기를 쳐다보고 있었어요. 그 위로 새 한 마리가 큰 원을 그리면서 날고 있었거든요. 언제쯤 친구들이 올까, 기다리는 것 같았어요. 전 그 광경이 신기해서 계속 보면서도 머릿속으론 아버지를 생각하고 있었어요. 활강하는 우리 아버지, 두 손으로 무거운 철판을 잡는 우리 아버지, 그 옆에 조그마한 우리 엄마, 그 속에 눈 뜨는 우리, 무지개. 무슨 날이었는지 잘 기억나진 않지만 나는 울었어요. 새처럼 지치지 않고 멀리, 울어보았어요. 울음이 울음이듯 허무는 허무일 것이다. 오래도록 건강하게 허무일 것이다. 허무와 이별할 작정이에요. 어때요?

나는 당신이 내 이야기를 안 들어줘서 좋았어요. 지금도 늦지 않았어요. 지금부터라도 그렇게 느낀 대로만, 아니라고 해줘요.

# 오후의 뼈

주말은 다시 오고, 나는 또 한 번 갱생을 꿈꾼다. 오래 덮어 두었던 시집을 펼쳐 읽는다. 이 사람의 인생을 이해해보려고. 그러나 말을 다 듣기도 전부터 내 마음은 상처 입는다. 이 사람의 입술 끝에서 흘러나오는 글자를 받아먹었을 뿐인데, 계절은 점점 허기지고 나는 갈 데가 없다. 갈 데 없는 마음으로 어떤 갱생을 꿈꿨는지 자꾸만 아득해져서, 사람아 사람아 나를 위한 시는 없니? 되묻고.

방향 없이 부는 바람이 있다면 그날에 내 이름을 밝히겠다고 약속한다. 우리는 잠깐만 긴장을 늦추어도 오리무중이 되어버리는 약속의 길 위에서 늘 난처한 표정으로 서 있으니까. 그러니까 내가 내 이름을 찾는 날에 사람아, 나를 위해 한 번만 걸어와 줄 수 있겠니. 다만 모든 말은 꿈처럼 흩어지고 말 테니, 마음속 연필 한 자루 간직한 채 그 시간을 기다려 주겠니.

언제부턴가 어긋나버린 척추처럼, 부정확한 골목길을 따라, 생활의 비명과 신음을 들으면서, 내가 꿈꾼 것이 고작 문학이었다니 이 얼마나 초라해지는 일인지 너는 모를 것이다. 너는 나에게 그래도 멋있어, 그래도 대단해, 말해주었지만 산 중턱에 단단히 결박된 눈발처럼 나의 계절은 골이 깊어질 대로 깊어진 흰 외로움이다. 깨끗한 두 손을 내려다보면서도 나는 어딘가에서 심하게 몸 버리고 온 사람처럼 서글퍼지는데, 이게 병 아니면 무엇일까. 이젠 흰 것들이 무섭다. 희게, 희게, 내 몸의 가장 안쪽에서부터 지워지는 유전과 학습과 노래와 문화와, 가장 좋아하는 음식, 가장 좋아하는 말, 가장 좋아하는 나라, 가장 좋아하는 시. 무엇보다도, 지우는 아픔은 존재하지 않는다는 것이 이해되질 않을 때.

내가 사라지고 나면, 흰 바람이 불 것이다. 내가 사라지고 나서도, 흰 바람이 남아 있다면 이 골목길 맨 끝으로 보내주겠니. 강과 바다가 만나듯, 굳은 뼈를 마음껏 펼칠 수 있게.

# 밤에 손톱 깎기

손톱은 시간이다. 달처럼 차오르고 달빛처럼 짧아진다. 방바닥에 굴러다니는 달빛을 쓸어담다가 이런 여유는 언제든 오는 것인지 생각했다. 생각해보니 꼭 그런 것만 같진 않았다. 내가 이곳을 생활처럼 거느리면서, 영원히 내 것이라고 착각하면서, 지낼 날도 얼마 남지 않았다. 그러니까 문득 아름다운 이별은 어떤 건지 생각하게 돼. 사람의 마음이 낮잠을 깨우는 것처럼, 한밤중에 창문을 두드리는 바람결이 흩어놓은 나의 꿈들에 대해. 아무리 자세히 들여다보아도 어딜 간 건지 찾을 수 없다. 흰 뱀처럼 기어가는 달빛을 따라가지 말자. 문턱을 높이고 꽝꽝 얼어버린 어둠 속에 갇히기로 하자. 그렇게 약속이나 한 것처럼 내 몸의 절벽에서 떨어져 나간 손톱을 포기해버렸다.

우글거리는 포기. 나는 증발할 것 같다. 뜨거워진 몸을 이리저리 굴린다. 내가 있었던 자리에 내가 없고, 꼭 맞았던 옷이 점점 헐거워지고, 밤이 되었지만 춥진 않고, 이젠 시련도 값싼 이야기라서 더 이상 밥은 사 먹지 못할 것 같다. 그래도 배고프지 않은, 가난은 영원할 거란 믿음을 지켰다는 기분으로 나는 표정을 떨군다. 낙엽처럼 혹은 아가처럼, 손가락 끝에서 떨어져 나온 나의 표정은 이제 천천히 말라가리라. 엄마가 덮어주던 두꺼운 이불을 걷어내며 여름은 오리라. 커다란 씨앗이 된 것처럼 결연해지리라.

표정을 독립시키고 난 다음 어쩌면 다시 없을 기회를 잡기 위해 나는 차가워지고 싶다. 차가워진 다음 두 번 다시 없을 기회를 잡기 위해 나는 사람이 아니고 싶다. 사람이 아니게 된 다음, 그 다음엔 조용히 달빛처럼 몸을 둥글게 말아 단 한 가지만 생각해야지. 인간의 고독은 계절이 아니라 질병이란 사실을. 그동안 너무 아무렇지 않은 척했다. 기침을 할 때마다 폐는 부풀고 고독은 몸집을 키웠다. 잊을 수 없는 일들이 하나둘씩 돌아오고, 내 두 손은 허공에서 분주했다. 아무리 생각해도 마진이 남지 않는 일. 그러나 할 수밖에 없는 일. 그런 일들에 내 열정을 투신하면서 죄책감도 가지지 않는, 식물보다 더 식물 같은 삶에 대해 생각할 겨를도 없이 고독의 병색은 깊어진다. 조용히 문을 닫는다. 깜깜해진 방구석에서 손톱을 깎는다. 딸깍거리며 숨넘어가는 고독의 눈빛을 마주보고 있다.

# 협조하겠습니다

오늘은 나쁜 말을 많이 생각했어. 그런데 쓸 수 있는 말은 하나도 없었어. 나는 사람이 아닌 것 같아. 나는 장미도 아닌 것 같아. 누가 또 글을 쓴대. 나는 왜 그런 사람이 또 태어난 거냐고 물었어. 뺨을 맞았어. 붉어진 건 얼굴이 아니라 마음이 었어. 봄이 불거지다가 한밤중에 다시 얼어버리는 것처럼 용기가 깨지려고 해. 일기장에 써 놓은 욕설을 따라 꿈길을 걸었어. 폭설이 내렸어. 쌓인 눈에 발이 푹푹 빠질 때마다 사람들이 창문을 열고 소릴 질렀어. 도망치면 도망칠수록 창문이 늘어났어. 넘어졌어. 일어나기 싫었어. 피가 났어. 얼굴이 아닌 것 같아. 가면도 아닌 것 같아.

어제는 웃을 수도 있었는데 참았어. 그런 게 후회가 돼. 나는 왜 행복할 수 없을까? 사람들에게 물어봤어. 자기들도 그렇다는데 웃고들 있었어. 사는 게 다 그렇대. 사는 건 행복한 게 아니래. 목소리를 깔고 그렇게 말했어. 정말 나쁜 말이라 생각했어. 친구가 아닌 것 같아. 술잔도 아닌 것 같아. 차라리 사람보단 술을 믿기로 했어. 술은 표정이 없으니까. 술은 말도 없으니까. 술은 마음대로 하지 않는 마음이니까. 자유가 거기 있어. 평등도 거기 있어. 중요한 건 싹둑 잘라버리고 문학은 위대해지고 있어. 이토록 거대한 팬클럽. 술이나 마시고 싶어. 좋은 생각은 아닌 것 같아. 좋은 게 좋은 생각 같아.

　그러나 여러분. 갑자기 하늘에서 마이크가 떨어진다면 가장 먼저 무슨 말을 하고 싶으세요? 나는 어릴 때 얘기를 하고 싶어요, 친구가 자기 형한테 뺨을 맞고 울고 있어요. 나 때문인데. 내가 같이 놀자고 졸랐던 건데. 아주 커다란 소리가 여전히 귓속에서 퉁퉁 부어 있어요. 미안해 친구야. 그때 네 형은 나빴지. 나도 무서웠어. 우린 어른이 아니었던 것 같아. 어려서 뭘 몰랐던 것도 아니었는데. 그렇지? 그날 밤 술에 취한 아빠가 나를 세워두고 똑같은 말을 밤새도록 반복했어. 우리는 지긋지긋한 집구석에서 벗어나 보자고 다짐했었지. 지금 어디 있니. 그 집을 나왔니? 많이 보고 싶다.

　정신을 차려보니 집이었습니다. 눈이 아니라 땅에 파묻힌 집

이었습니다. 벽이 차갑게 식어 있고 불도 꺼져 있었습니다. 창
문을 열었습니다. 붉은 꽃잎이 작게 회오리치고 있었습니다.
거짓말입니다. 거짓말이고 그냥 나를 아무렇게나 불러 보세
요. 그럼 뒤돌아볼게요.

# 페소아

나는 이 사람을 아직 잘 알지 못한다. 책 한 권을 다 읽는다 해도 이 사람을 잘 알게 될지는 미지수다. 그래서 존경심이나 탄식할 만한 어떤 경지를 찾지 않은 채 이 사람의 글을 읽고 있다. 내가 알고 있고 좋아하는 몇몇 사람이 이 사람을 좋아한다는 사실만이 진실이다. 그럼에도 나는 함부로 매몰되지 않기를 바라면서 이 사람의 글을 스무여 개쯤 읽고 있다. 그런데 읽으면 읽을수록 이 사람도 그런 걸 원하고 글을 쓴 게 아니라는 느낌이 든다. 그저 스스로에게 충실한 글쓰기를 하고 있는 사람 같다. 덕분에 내가 오랜만에 진정성이란 단어를 끄집어낸 것도 분명 좋은 일이다. 모처럼 쉬려고 두 시간 반 기차를 타고 또 한 시간 버스를 타고 들어가야 하는 고향엘 가는 중이다. 아직 잘 모르는 사람의 글에 매달린 채 가고 있다. 이 사람의 전부가 어떤 건지도 모르면서 우리가 전부를 나눈 것 같이 나는 이 사람이 점점 좋아지고 있다. "잘못된 스핑크스"라는 말이 너무 좋고, "읽지 않을 책을 산다"는 고백이 너무 좋다. 다른 시간과 다른 공간에 비슷한 인간이 있었다는 사실을 안 것만큼 좋은 경험은 없다. 이 사람을 잘 알지 못한다는 말을 하면서도, 이 사람이 사실은 나일 수도 있다는, 엄청난 예감 때문에 자꾸만 죄를 짓는 것 같은 느낌이 들고, 그렇지만 아무도 나에게 그 죄를 묻지 않고 이 사람을 허락한다면, 나의 삶도 조금씩 나아질 수 있겠다는 희망이 생긴다.

그러나 나보다 먼저 태어난 글들이 내 생일상 위에 차려져 있다는 사실보다 슬프고 허무한 일도 없을 것이다. 내가 낳고 싶었던 글들을 이미 가지게 되었다. 이 슬픔이 나를 또 어떻게 비틀어 놓을지 상상조차 되지 않는다.

# 환청 3

슬픔에 진실이 어딨겠는가. 다 주워 들은 말이지. 하고 싶은 말
은 나도 한 마디뿐이었다. 밤이 길어서 거짓말쟁이가 되었지만.

## 오늘은 조용하다

눈이 부시게. 꽃잎도 늦다.

밤이면 문을 두드리던 귀신들도 사라졌다. 정상이다. 얼마나 갈까. 슬픔을 생각하지 않는 시간. 밥을 먹고 집을 치운다. 구석구석 잘못 살아온 날들의 파편이 흩어져 있다. 그러나 오늘은 울컥하지 않는다.

# 대답

　가라. 창틀에 고인 빗물과 흙에 더럽혀진 꽃잎과 마음속 깊이 세 들어 사는 어둠과 어둠 밖에서 농성 중인 아침과 귀를 막는 귀와 눈을 감는 눈과 가난을 못 견디는 빈손과 무엇이든 움켜잡으려는 욕심과 알아듣기를 포기한 언어와 아주 오래전부터 덧난 상처를 아직도 고쳐줄 생각 없는 철학과 법과 윤리와 나의 입을 틀어막은 문학과 곰팡이 핀 시집과 슬픔의 숙주가 된 시와 꿈틀거리는 집과 벽과 죽은 듯 흐려져 있는 그림자와 약간의 희망 섞인 인간과 또, 꿈과 페니스와 사랑과 혼탁한 호흡과 눈물과 함께, 아무도 아무것도 남기지 말고 가라.

# 시 쓰는 저녁

하늘은 멀리 있다. 당연한 말도 시적으로 다가올 만큼, 내가 감내해야 할 결핍이란 얼마나 큰 존재인지. 감당할 수는 있는 건지. 그렇지 못할 거라면 왜 지금 당장 포기하지 않는 건지. 주먹을 꽉 쥐어본다.

세상은 나에게 아무것도 주지 않았다. 아픔도 희망도 행복도 욕망도 꿈과 좌절과 허무조차도.

도망쳐야 했었나. 내 몸은 병들었다. 습관적으로 의지라는 걸 찾고 병적으로 의욕을 가지려 한다. 이 병세의 끝엔 한 가지 질문이 매달려 있다. 인간은 숭고해질 수 있는가.

뉴스에서 오늘의 이슈들이 시끄럽게 흘러나오고 있다. 궁색하고 질 나쁜 생각과 태도들. 외로움과 생활의 허위를 떠나서 본질적인 삶을 위해 내가 노력했던 것은 무엇이었을지 생각하게 만드는 말과 얼굴들. 어쩌면 나는 나에게 제일 해로웠던 건 아니었을까 하는 두려움. 별빛 같이 좀처럼 소문을 전해 들을 수 없는 인간의 가치. 밤보다 어두웠던 지난날 속에 스친 몇 개의 별을 떠올리면 어느새 젖어있는 내 얼굴. 죄책감의 소굴.

글을 쓴다.
지운다.

명랑을 되찾고 싶다. 애초에 갖고 있지도 않던 것들을 되찾으려고 애쓴 적이 많다. 명랑도 그중 하나다. 무심도 그중 하나다. 비웃음과 맨정신도 그중 하나다. 전략도 없는 무지막지한 생활도 그중 하나다. 포즈에서 더 큰 포즈로. 방풍도 안 되는 거대한 벽으로 나를 둘러싼 채 이 세상을 믿어버리는 것. 그런 순간 속에서 시를 위대하게 생각해버리는 것.

불똥은 꿈으로 튄다. 불을 지르고 검게 전소될 때까지 꿈을 꿔야지. 그 속에서 새롭게 태어날 영웅의 서사를 위해 지금 이 행위와 시간들이 분투하고 있다는 사실을 믿어야지.

아니.

정말 아니.


비겁했다. 세상은 초라하고 슬픈 곳. 이런 곳에서 시를 읽고 시를 쓴다면 지금보다 더 인간다워져야 한다. 또 의욕을 가져야 한다. 고통은 삶의 즐거운 재현이므로.

# 주말

   좋아하는 가수의 신곡*이 나왔대서 틀어놓곤 온종일 빈둥거린다. 가사가 시처럼 슬픈데 따스하고 아픈데 꿈 같군. 생각에 생각이 구름처럼 떠 있고, 졸린 눈으로 사진첩을 열어본다. 제일 처음 찍은 사진이 한강이었구나. 이 사진을 애인에게도 보여주고 가족에게도 보여주고 친구들에게도 보여주면서 나 잘 살고 있다고 말해볼까. 그런데 다들 별일 없냐고 문자도 오고 전화도 오고 그러네. 난 그냥 자랑하고 싶었는데. 슬픔을 자랑한 것처럼 되어버려서. 미안하고 그러네.

   나는 그래도 내가 자랑스럽다. 그렇게 마음먹기로 했다. 멍든 사람으로 기억되는 게 내 운명이라면 그렇게 하겠다. 어쩔 땐 세상에서 사람보다 시가 더 많아 보이더라. 그 많은 시 중에서 내가 기댈 시 하나 없어서 외로울 때도 있더라. 그래서 내가 써야 할 때도 있지. 그때는 내용도 표현도 필요 없다. 나만 울면 되는 시. 그거면 되는 때. 이제 술도 좀 줄이고 밖에도 더 자주 나가봐야지. 나가서 저 멍들었어요, 말하면 사람들이 날 구해줄까? 모르지.

---

\* 다비치, 〈그냥 안아달란 말이야〉

솔직해지자는 말이었어. 나는 혼자가 아니지만 혼자인 척 꾸준히 시를 써볼 거란 말이었어. 아무리 축축해도. 내 눈을 좋아하는 당신도 있으니까.

조금 더 잘래.

# 근황

생각이 많은 요즘. 그러나 별생각 없이 지낸다. 예를 들면, 어떻게 해야 좋은 글을 쓸까 생각하다가 이런 질문은 내 삶에 비해 너무 달달하다는 생각으로 이어지고 비관하다가 낙관하다가 사람 마음은 정말 엿 같은 거로구나! 깨달아버리는 일. 어떻게 비관론자에서 낙관론자로 그렇게 달걀프라이 뒤집듯 바뀌는지 알려고도 하지 않고 달걀프라이는 맛있지, 하지만 우리집 냉장고엔 달걀 하나 없지, 슬퍼하다가 해먹지도 않으면서 괜히 슬퍼, 비웃다가 잠이 들지. 하루에 몇 번을 잠드는지 오늘은 시간을 계산해 보았지. 이 정도면 정말 의미 없는 하루겠구나 싶었다. 사람들은 말을 잘 지어낸다. 나는 왜 착하게 살아야 하는지 이유도 모르고 착하게 산다. 그러나 또 끝까지 숨기고픈 추악함이란 게 있지. 아는 척하는 것보단 모르는 척하는 게 더 쉽다. 너무나 잘 알고 있는 이 더러운 판들에 관하여 비판하기는 쉬우나 또 내가 그 비판에서 자유로운가를 따지면 막막해진다. 눈 감고 귀 닫고 생각이 많은 요즘. 그러나 발설하지 않는 재미 속에서, 나는 답을 찾고 잃고 찾고, 또 잃어버리지. 말을 잘 지어내는 사람 하나를 찾아서 패 죽이고 나도 그 자리에서 죽어버릴까. 그 또한 의미는 없지만 사건은 되지. 사건이 없으면 세계가 만들어지지 않는 문학의 개같은 숙명 때문에 우리가 이렇게 고생한다고, 선배가 그랬었는데 나는 동의하지 못했어.

　모든 죄를 뒤집어써도 넉넉한 마음의 시인이 되는 게 꿈이었다. 형은 언제나 남 탓만 하고 있으니 어떻게 인생을 살아가려 하는지. 대들다가 한 대 맞고 졸업을 하였지. 그때부터 나에겐 가면 하나가 생겼지. 남들처럼 이야기하고 남들처럼 행동하는 가짜. 이제 좀 글이 써지는 것 같다. 거짓말 안 하고 이때까지 계속 쓰고 지웠지. 평정을 되찾았나. 사건이 없잖아. 선배, 선배는 원래 없는 존재였다. 오른쪽 뺨이 하나도 아프지 않았거든. 문학을 한다는 사람을 뜯어말릴 때도. 더러운 이야기를 조금씩 해주면서, 이래도 할 거야? 이래도 할 거야? 열심히 하지도 않으면서 경쟁자가 더 생기는 게 싫었다. 선배처럼. 그리고 이것은 창작입니다. 말하면 모든 게 끝났지. 살다 보면 별별 일이 다 생긴다. 애비는 종이었다'라거나 아버지...씹새

끼** 같은 시를 읽으며 우리 아버지를 생각해봤는데, 정말 착한 분이시라는 게, 왜 아직도 멀었구나라는 생각으로 변한 건지. 나도 언젠가는 아버지에게 덤벼야 하나, 시인이 되려면 그래야 하나.

　내 아버지는 내 아버지인 건데. 시인이 되려고 아버지를 팔아먹는 파렴치가 되려 했다니. 이놈의 얄팍한 가면을 쓰고 어디까지 가려고 마음먹었던 것인가. 나는 결국 써둔 시를 모두 지웠다. 배가 고프다. 배가 고파서 생각을 그만하고 싶었다. 문학의 내력이란 게 자신의 가장 큰 세계를 찢어 발겨버리고 태어나는 것이라면 나에게도 자랑스런 가난과 결핍과 성욕과 위선과 전략이 있지. 그것들을 찢어 발겨버릴 방법도 알고 있지. 그러나 배고픔을 해결할 더 근사한 방법은 모르겠다. 너네는 다 진짜야? 그럼 같이 울어줄 땐 무슨 생각을 했어. 내가 불쌍했어? 무슨 말을 하는 걸까. 나도 나를 곰곰 생각한다. 예술은 이해 따위의 단계에서 해결될 것이 아닌데도. 나는 내 하찮음을 너무 잘 알아서 차라리 예술을 포기해버린다. 그런 고고

* 서정주
** 이성복

한 것을. 우리는 왜 안다는 듯이 얘기하게 되어버린 건지. 불
행이다. 분명한 불행! 한없이 조져진다면, 나의 삶은 즐겁기라
도 했으면 좋겠다. 눈물겹게 즐거운 삶!

# 환청 4


    사라집니다 살아집니다 장난입니다… 이미 누군가가 치고
이미 누군가가 웃었던 기억입니다 문장…입니다 남아 있다면
나를 잡아가세요 자격을 빼앗으십시오 그게 편하다면 그렇게
하세요…

# 긴 그림자

거울 앞에 서서 야윈 몸을 쳐다본다. 저녁은 푸르렀다가 과일처럼 썩어버리고 그런 것들이 나를 해친다고 생각했다. 조금 더 밝은 모습으로 살 순 없는 걸까. 이제 인기 없는 문학 같은 거 그만하고 열심히 공부나 해야지. 불길 같은 마음 속으로 나를 내던진다. 아주 잠깐 허우적거리다가 조용해질 테지. 조금씩 조금씩 구겨져 있는 생활을 손바닥으로 쓸어내리다가 울었다. 무용한 날들이었다. 어디도 가닿지 못했던 내 마음들에게 미안. 그러나 이렇게 말쑥한 말들로 단숨에 끝날 줄은 몰랐다. 조금도 질척거리는 법 없이 떠나버릴 영혼이었다면 나는 왜 이토록 애썼던 건지. 술병과 쓰레기 사이를 기어다니는 검은 몸집의 벌레들을 짓이겨 죽이면서도 나는 이해할 수 없었다. 이 슬픔. 내 목덜미를 휘어잡고 놓아주지 않는 이 슬픔을. 하늘은 너무 맑은데. 태양은 내리쬐는데. 나는 어디로 가야하는 걸까. 이제 말을 좇아 나무가 되고 그늘이 되고 엄마가 되었던 시절은 시절로 남는가. 태어나본 적도 없이 알 속의 울음처럼 나의 언어는 두터운 벽 아래서 숨을 거둔다. 희망이었고 의욕이었다. 부랑자 곁을 떠도는 불쌍한 입술들이었다. 작별인사도 없이. 낡은 옷을 훌훌 털고 나는 방문을 닫는 저녁.

3부

## 엄마에게

지갑도 마음도. 이토록 무더운 여름을 지나기엔 너무 얇은 인생을 지녔습니다. 그리고 앞으론 시를 쓰기가 더 어려울 것 같습니다. 그때 기억하나요? 엄마를 생각하며 시를 썼던 시절. 엄마가 내 시를 보고 울었어요. 그건 내 삶에서 가장 빛나는 장면이었습니다. 이제 엄마는 온데간데없고 나는 출처 없는 슬픔에 시달리고 있어요. 사람들이 싸워요. 나는 오늘도 얻어터지기만 했어요. 없는 집 자식이라고 얼굴을 두들겨 맞았어요. 부러진 안경다리를 손에 쥐고 언덕을 내려왔어요. 문을 두드렸지만 아무도 나와 보지 않았어요. 외롭고 괴롭고 별은 뜨고 나랑은 상관없는 저 먼 희망의 불씨들. 마음속에서 무서운 소리가 들려요. 누가 자꾸 나를 불러세워요. 몸을 움직일 수 없네요. 엄마. 나는 왜 시를 쓴다고 이 모양일까요. 나는 왜 얼굴도 모르는 신 앞에 맹세했을까요. 함께하는 친구들. 몇몇은 이미 죽고 없는 그들의 기도문을 가슴에 품은 채 나는 점점 더 가난해져요. 그러나 엄마는 용서하세요. 빛이 되어주세요. 영원한, 시의 계절이 되어주세요.

# 산책

기억나지 않는다. 골목에서 많은 날을 버렸고 나는 지금 야위었다. 이토록 가벼운 그리움. 마치 사라진 육교 위에 둥둥 떠 있는 너의 모습처럼 별들이 말도 안 되게 예쁜데, 나는 아무것도 기억나지 않는다. 희뿌연 구름이 너의 두 눈을 가릴 때 잠깐 우는 게 나의 할 일. 사랑은 내 마음 가장 안쪽에서 하얗게 흔들리는 것. 엎더져 꿈꾸는 두려움이다. 그러나 오늘 이렇게 날이 밝은 것은 내 마음도 어쩌지 못하는 의욕이 내 잠을 깨운 탓이겠지. 눈을 뜨고 모든 날을 사랑하면 다시 잠들 수 있을까. 음악을 듣는다. 사랑이 전부라고, 가만히 듣는다. 사랑을 보낸다고, 사랑이 사라진다고, 가만히 듣는다. 더 많은 말을 했던 것 같은데 기억이 나질 않는 꿈결. 나는 이렇게 헛되게 살고 있다. 텅 빈 두 눈으로 여름의 빛이 한꺼번에 쏟아지고 누군가 새하얀 기억의 저편으로 나를 데려가 준다면. 오늘이 마지막이라면, 희망에 찰지도 모를 사랑에 대하여 신발을 벗고 실패한 말들을 데리고 비처럼 쏟아지는 긴 울음.

그러나 너무 많은 밤을 지나왔다. 만져도 만져도 자꾸 멍이 생긴다.

오늘은 아무런 걱정도 하지 않고, 밀린 일도 밀린 채로 두고, 시를 읽었다. 마음에 볕을 들이는 일. 축축하고 못생긴 그간의 생활들을 청소하려고. 그렇지만 시를 자세히 들여다보니 볕이라기엔 너무도 희박하다. 시는 내가 짊어진 짐보다 억만 배는 더 무거운 가난을 커다란 그늘처럼 거느리고 있음을 알게 되었다. 거대한 울음 앞에서 눈물을 닦고 바른 자세로 시를 올려다본다. 사라진 운동장에서 아무렇게나 뛰어다니면서 와자지껄 떠드는 아이들 소리가 들리는 듯했다. 그늘을 뒤집으니 친구들은 화석처럼 굳어 있고 가난을 들어올리니 흙 묻은 행복이 표정도 없이 눈을 뜨는데, 나는 어디서부터 시작된 건지 마음이 거의 문드러지는데. 어머니 아버지 얼굴이 번갈아 떠오르면서 눈가는 여름보다 붉어지고 있었다. 내성이 생길 리 없는 붉은 저녁, 어느 집에서 기도문 외우는 소리가 들린다. 골목길을 따라 총총 뛰어내려 간다. 살아 있는 모든 것들을 데리고 땅거미 진 동네를 벗어난다. 이제 정말 혼자인가. 그토록 바라고 바랐던 외로움이 이런 식으로 올 줄은 몰랐다.

가끔, 잘 지내고 있어란 말이 혼자 있어란 말로 생각될 때가 있다. 아무도 신경 쓰지 않고. 아무한테도 연락이 오지 않고. 천천히 회전하는 시곗바늘. 그 소리를 가만히 듣다가 잠드는 오후. 잠긴 눈꺼풀 위로 물결처럼 아른거리는 햇빛들. 둥둥 떠다니는 사물들 사이로 사랑을 찾으려고 음악을 듣던 시절엔 그런 때가 더 잦았었는데. 이제 그 시절 기억도 못할 만큼 시간이 흘러서 내 머릿속엔 어떤 여자의 목소리만 떠오른다. 얇은 수면 위로 공기방울이 떠오르듯이 내가 숨쉬고 있다는 사실을 각인시키는 목소리. 그럴 때마다 산다는 게 불편해졌다. 그 여자의 사랑엔 비약이 많다. 아무리 화를 내고 엇나가고 식음을 전폐할지라도. 새벽이면 문을 두드리는 그 여자의 뭉툭한 손. 나는 그것을 커다란 울음이라고 믿고 있다. 인간들. 인간들 속에 또 인간들. 그리고 인간들로부터 한 발자국도 비켜서 있지 못한 나란 인간. 똑같다는 이유만으로 말을 걸어오는 인간들로부터 그래 우린 똑같지, 대답할 때마다 내 환멸과 절망은 그 여자를 닮아갔다.

실은 그렇지 않다고 솔직하게 말해주고 싶었어. 너는 혼자가 아니라고. 그래서 영원히 불행할 거라고.

소주 한 병 받아 집으로 돌아가기로 한다. 술을 마시면 누가 내 머리를 쓰다듬어 주는 것 같았다. 그 연약한 손길에 머리를 더 부비면서 나는 울었다. 방안 가득 눈물이 차고 구석구석 검은 쥐들이 풍선처럼 떠오르고, 어떤 건 살아 있고 어떤 건 죽어 있는 방안에서 가슴팍까지 눈물이 차올랐을 때 나는 몸을 뒤로 젖혔다. 눈물이 다시 눈으로 입으로 마음으로 차고 들어왔다. 숨을 쉬기가 힘들었다. 쉰다는 게 이토록 힘든 건 줄 몰랐는데. 너희들은 왜 자꾸 날 괴롭히니? 푸른 눈을 가진 쥐 한 마리가 내 얼굴 위에 떠 있었다. 발을 파르르 떨고 있었다. 몇 번이고 다시 시작되는 이 불행을 받아들일 준비가 되었다는 게 이해되지 않는다. 살면서 괴로운 표정 한 번 짓지 않는 내 얼굴은 거짓이다. 밤마다 돌칼에 찔린 듯 쑤시는 위장도 거짓이다. 발끝에서부터 가득히, 기어오르는 음지곤충들이 내 몸을 조금씩 떼먹는 꿈도 거짓이다. 그럼에도 나는 정말 서서히 사라지고 있다. 사라졌다고 말하면 한 번은 사라지게 된다고. 내가 다 사라지고 나면, 폐허가 되기 위해 줄기차게 주장했던 나의 거짓된 역사들이 그 어둡고 텅 빈방 안에서 아침을 맞게 될 거라고. 태양이 비추는 그곳에 내 어린 날의 모든 사체들이 널

브러져 있을 거라고.

　낭만이라든가. 사랑이라든가. 그래, 어둡고 축축한 곳이 아니라 아침을 가진 장소들. 그곳에 무조건 닿고 싶었던 날들도 있었다. 그땐 현실을 피해서 자꾸만 먼 곳을 바라보았다. 꿈이 있다는 건 좋은 일일 테지만 계획도 없었다. 취미처럼 글을 쓰면서 취미처럼 흘러가는 삶 속에 내가 놓친 정답의 실마리는 수북이 쌓여가는 먼지와도 같았다. 휴지로 훔치고 입으로 훅 날리고 빗자루로 쓸어버리면서 학습되지 않는 가난이 나를 실질적으로 위협했을 때 나는 얼마나 무용한 인간이었던가. 그것도 모르고 삶이 아프다고 소리칠 땐 글을 쓰는 게 행복이었다. 그런데 살다 보니 인생은 선택의 연속이 아니라 소외의 연속이었다. 잘못도 없는데 독방에 갇힌 기분으로 나는 스스로를 정직하게 비판해야 할 의무를 갖는다. 글은 자기만족이라는 말. 맞을지도 모르지만 스스로 만족할 만한 글을 쓴다는 건 스스로 만족할 만한 삶을 살고 있다는 말과 다를 바 없지 않나. 부럽다. 그런 인생의 원리를 가진 사람들. 더욱 정교해지고 노련해지는 비교법. 다른 사람들로부터 미끄러지면서 존재의 이유를 찾는 불행이 나에게 이어지고 있다. 내가 여기서 딱 끊고 새로운 나로 다시 시작하겠다는 다짐을 백만 번 할지라도 미래의 나는 또 오늘의 나를 계승할 것이다. 유전처럼 보존되는 글의 원리. 차라리 맨 처음으로 돌아갈 방법은 없을까. 그 또한 고민해봤지만 내 정신의 고향에서 찾은 유물은 낭만도 사랑도 아무것도 아니었다.

답이 없다. 좋은 삶에 대한 답도. 좋은 글에 대한 답도. 인생의 주인공에 대한 답도. 장르도. 주제도. 사람도. 마음도. 다 안개 속으로 사라진 것 같다. 나는 왜 건강한 청년이 아니라 안개 속을 더듬거리며 걸어가는 변태가 된 걸까. 지금 내 글은 병에 걸렸다. 질병의 원리는 단순하다. 금지와 제거. 불화와 버팀. 이것의 순환이다. 누군가의 불행을 보며 위안을 얻는다는 말. 당분간 그 말을 내 글의 목표로 삼고 회복의 가능성을 타진해야 할 테지만. 이토록 기형적인 밤. 토하듯이 글을 쓰고 누가 내 삶을 치워주길 바란다. 그러한 마음엔 순수함도 정직함도 없다. 오직 못생긴 소외감만이 있다.

이유도 없이 이따금씩 내 생활을 운위하는 이 서늘한 기운. 돈도 명예도 바라지 않는다. 슬픔을 슬픔이라고 말할 수 있게만 해주길. 그런 시답잖은 기도나 하고 있을 때 내 어깨에 뭉친 가난의 결속을 잠깐이고 풀어주는 이 서늘한 기운. 어느 사랑하는 포장마차에 혼자 앉아 흔들리는 등처럼 내 인생 기울어갈 때. 괜찮다고. 다 지나간다고. 그러면 비구름도 아름다워질 날 온다고. 일러주던 그 서늘한 기운. 그것과 한바탕 연애하고 돌아오는 길바닥에서 토하듯이 울었다. 그리고 다짐했다. 나도 이제 나를 그만 미워할게. 열심히 살게.

사랑과 절망처럼 우리는 절벽에 산다. 우리는 죽어가면서도 말을 남기고. 그것을 몇 번 받아적으려 했지만. 무심한 흑심은 툭툭 부러져 빗물에 씻겨 떠내려가 버리고. 이토록 무책임한 역사가가 세상에 또 있던가. 그렇지만. 그 모습을 지켜보던 아이의 표정엔 비밀처럼. 조그마한 희망이 남았었다. 어떻게든. 눈물을 참았으니까. 그 힘으로 살아갈 것이다. 빈방을 지키는 저 강골의 파수꾼처럼. 아름다운 하늘과, 그렇지 못한 마음과, 아무렇지 않은 얼굴과, 나는 계속 걷고 있다. 집에서 집으로.

노래 한 곡을 반복하면서. 사납게 달려드는 잠으로부터 도망치기 위해. 창밖 어둑해진 저녁 풍경의 모서리를 조금 접어 고개를 내미는 일. 아무렇지 않은 표정으로 꿈이 남기고 간 흔적을 찾다가. 사람처럼 거리로 나서면 있었다. 아름다운 하늘과, 그렇지 못한 마음과, 하얗게 지워지는 얼굴. 이제 몇 퍼센트 남지 않은 인생.

그동안 증명해야 할 게 너무 많았다. 삶이 삶만으로 충분하지 않아서. 항상 넘쳐야 했다. 가진 게 없어서 몸을 흔들었다. 몸을 흔들면 몸 밖으로 내가 흥건했다. 그러면 말을 거는 사람도 몇 있었다. 그러나 그뿐. 비워진 마음을 채우는 사건은 없었다. 시적으로. 예술적으로. 회피되고 있던 나에게 말을 걸었던 건 너였다. 아름다운 하늘 아래서, 그렇지 못한 동네에서, 상처난 손목들에 둘러싸여서, 너는 토요일엔 미칠 것 같다고 했다. 글을 써도 회복되지 않는 마음이 있고. 그 마음 또한 글로 써내야겠다는 어떤 굴레에 갇혀버린 듯. 방안에서 밥술처럼 익어가다가. 머리끝에서 톡톡 터지는 외로움의 비명소리를 가만히 듣는다고 했다. 무엇으로든 완성되어 가지 못하는. 한 치

앞을 알 수 없는 인생의 길. 그것을 뚜벅뚜벅 걸어가는 하나의 못생긴 발이 되리라고도 했다. 세상으로부터 폭력을 당해도 보복을 모르는 순수한 보폭으로 나아가리라고. 사랑을 하리라고.

이미 우듬지가 되어버린 너이지만. 매일 같이 바람에 흔들리는 너이지만. 눈을 감고, 모든 언어는 평등하고 평범한 거라 했던 너의 말을 떠올리며 나는 더 나은 삶을 위해 자꾸만 정을 맞는다.

피가 나면 헝겊보다 하얀 시로 내 상처를 아물게 했던 그리운 말들을 되뇌며 떠난 친구를 위해 가만히 시를 외우는 늙은 저녁에, 아픔이 아픔을 덮는다. 사랑이 세상을 덮는다. 초록 풀 무성한 여기는 나의 평원이다. 햇살이 눕고 내 마음도 그 옆에 누워서 여전히 푸르뎅뎅해진다. 다시 만나도 변할 수 없는 것이 있다고 믿는다.

# 화동

동공이 작아졌다. 여름을 사랑한 탓이다.

그런 생각을 하게 되었다. 답은 없고 모든 것은 우습다. 이
토록 완벽하게 실패해본 적이 있었나. 실패는 실패라고 말하
는 순간 진정한 실패가 된다. 그래서 실패는 어떤 위안보다도
미래에 있다. 좀처럼 눈을 감지 못하겠다. 미래를 맛봤다. 거
기엔 몸부림이 있었다. 악몽이 있었고 더러운 것들이 늘 곁을
지켰다. 내가 죽길 기다리면서. 어느새 나보다 훌쩍 커버린 그
림자가 있었다. 나는 그것을 계속 지켜보다가 잠속에서 또 잠
들었다. 여름 내내 깨고 싶지 않은 잠이었다.

사람들은 모른다. 내가 사람들에게 얼마나 커다란 적대심을
갖고 있는지. 어리석은 마음으로 얼마나 많은 시간을 허비했
는지. 내 인생에는 쓰다 만 일기처럼 공란인 계절이 많다. 그
순간 그 공간에 우리가 같이 있었다 할지라도 나는 그것을 쓰
려고 하지 않았다. 내 모든 에세이는 거짓이다. 지금 이 순간
까지도. 미친 척하면서 과잉된 슬픔으로 세상을 벽으로 몰고
두들겨 팼던 끔찍한 폭력을 감추고 살았다.

사람에 대한 철저한 배신이 나를 키웠다고 자신한다. 사람들에게 희망 주기. 그래서 사람들이 희망을 갖기. 희망이 자라서 사람들에게 삶을 되돌려주는 방식으로 이 세상이 조금은 따뜻해지길 희망하기. 스스로를 갉아먹으면서도. 그렇게 다들 건강하게 나를 떠나길 빌고 빌었다. 드디어 혼자가 되었다는 생각이 들었을 때 화동에 갔다. 종로구에 위치한, 꽃피는 동네라는 이름을 가진. 그곳에 여름이 있을 것만 같았다. 매일 회복에 전념하면서 한 발자국씩 옮겨지고 있는 여름이 이곳에서 저곳으로, 우울에서 기쁨으로, 애써서 애쓰는 마음으로.

여행을 끝낸 사람처럼 돌아서면 돌아선 방향으로 끝없이 그리움이 생겨나고, 나는 찰흙 놀이를 하듯 그리움을 주무른다. 결코 모든 걸 잃은 게 아니라는 걸 꽃 피는 동네에서 꽃 지듯 떠난 사람을 생각하며 깨닫는다. 내 마음 대신 울어주는 시가 있어 빚은 쌓여만 가고. 갚을 길이 없어 이렇게 편지만 쓴다. 시간을 조금만 더 달라고.

잘하고 싶었습니다.

예쁘고 싶었어요.

한 번은 긴 하루를 살아내고도 싶었다구요.

웃기 위해서, 웃지 못할 말들 지어내면서 이토록 먼 길을 돌
아왔다. 그사이에 벌써 이렇게 늙어버린 것이다. 소리 내 웃어
보았다. 예쁜 내 얼굴 뒤로 파도가 밀려온다. 떠내려간 섬들을
다 데리고 온다. 아무도 살지 않는 섬들. 빈집만 가득해 나는
너무나도 잘 아는 이름을 또 그리워하고 있다.

# 비 오는 화동

 넋 놓고 바라본 하늘에선 시든 장미가 떨어지고 있었다. 그
것은 차라리 국화였다. 목련이었다. 나도 맨 앞이 되고 싶어.˙
아니라면 맨 끝이라도 되고 싶어. 깨지 않는 머리를 툭툭 두드
리며 메아리에 메아리로 대답하는 일. 이런 문법이 싫어요. 계
단이 너무 높아요. 떨어지듯이 내려온 나에게 예술이 준 보상
이라곤 푸른 멍밖에 없다. 그럼에도 해야 된다는 마음속 깊이
울려 퍼지는 심원의 목소리는 오작동이 아닐까? 누가 나를 조
작하고 있는 건 아닐까? 실패에서 더 깊은 실패로. 어둠으로.
아무것도 보이지 않는 곳에서 아무것도 보지 않으면 무엇이든
보게 되리라. 눈은 하나의 욕망이라는 사실을 그때 알았지. 그
러므로 환상에 가까운 내 생각은 애초부터 그릇된 것이었다
고. 누가 그러더군. 너의 글이 좋아. 너의 글이 어려워서 좋아.
나는 그 말이 달콤해서 깊게 더 깊게 파고들었지. 눈물이 나지
않으면 눈을 찔러서라도 눈물을 만들고 싶었지. 밤마다 무딘
칼로 내 허벅지를 살짝 찔러보았지. 모든 감각이 한 점으로 모
여드는 그 순간 별이 된 것 같았다. 고통은 별이구나.

 칠흑 같은 어둠 속에 유일하게 반짝이는 마침표 같은 거구나.

---
* 이문재, 『지금 여기가 맨 앞』

그때부터 되돌릴 수 없는 지경이 돼버렸어요. 낡은 것이죠. 그러나 이미 아름다운 슬픔은 얼마나 많으냐. 그 슬픔의 계보를 다 외우고 다녀도 모자랄 만큼 번영한 한국의 슬픔. 세계의 슬픔. 지구의 슬픔과 지구 아닌 모든 것들의 슬픔. 그리하여 마음 가장 깊숙한 곳으로 젖어드는 지극히 개인적인 이 슬픔. 나는 감히 그것을 공유하려는 금기를 행하려는 것인가. 그것이 진짜 예술이라는 보장은 누가 해주는가. 알 수 없지. 알 수 없어. 우리는 바보다. 나도. 내 글을 읽는 당신도. 예술은 처음부터 우리를 비웃고 있었다. 사랑을 할 수 있다면 젊음은 영원히 존재할 것이다. 그러나 나는 사랑이 아니라 피해망상에 시달리는 늙은 장미에 불과하다. 오늘도 나를 괴롭히는 무언가가 있다고 굳게 믿는다. 그리고 어떤 불량배들은 내 쓰레기 같은 글을 훔치고 있을 것이다. 새벽 내내 집에 갈 생각도 않고 내 사상을 훔치고 있을 것이다. 무기력하고 의미 없는 사상은 얼마나 귀한 것이냐. 싸울 의지가 전혀 없는 나의 사상은. 지구에 가까운 것이므로. 나는 창조주라면 창조주일 테지. 그러나 내가 만든 모든 것들은 어딘가 아프다.

지옥 같은 삶을 받아들인 표정을 본 적 있나요. 그건 내 유년시절과 닮아 있어요. 당신은 폭풍을 몰라요. 당신은 아무것도 몰라요. 그리하여 내 정신은 그리하여를 몇 번 썼는가 따위를 고민하다 정작 삶을 잊어버리는 장난에 가까운 것이지만 당신은 가까이 다가오기 힘들 거예요. 그사이에 꽃은 다 져버렸을 테니까. 내 욕망은 숲을 다 태우고도 남을 화력을 가졌습니다.

살이 녹고 뼈가 무너지는 고통 속에서 아무렇지 않게 거짓말을 하는 수많은 죽음을 애도하기 위하여 내가 선택한 문장은 여름이었지만 그것으로부터 작별을 당한 지는 꽤 오래되었다. 누구한테도 이야기하지 않은 불면의 날들. 나는 그날의 일들을 조금씩 글자로 옮기고 있다. 여전히 뮤즈가 있다고 믿는 불량배들로부터 이 은신처는 아직 발각되지 않았다. 허리춤에 칼을 숨겨 놓고 쓰는 마음이란 예술적인가. 예술이 뭔지 몰라도 나는 한 마디도 지지 않겠다. 깨어난 머리가 거대한 입을 벌리고 폐허가 된 아침을 우적우적 씹어 먹고 있다. 배가 고팠다. 마음이 고팠다. 애초에 올바른 삶 따위를 논하지 않았다면 내 굶주림은 진작에 해결되었을 텐데. 이제 삶을 구걸하지 않겠다. 조언도 바라지 않겠다. 드디어 싸울 준비가 되었으므로. 아마도 세계는 나를 꽁꽁 묶어둘 것이다. 나를 은폐시킬 것이다. 이토록 넉넉한 소외! 그러나 그것이 오히려 내 삶을 두둔하고 나설 것이다. 무수한 심리학자들과 싸워가면서 조금씩 견고해지는 소외! 망한 인생이 구사일생의 유일한 전제라는 사실을 우리가 알듯이 소외될수록 나는 존재한다.

망나니 같은 하루를 보내고 혼자 깨어 있는 밤. 나는 내 눈을 쿡 찔러본다. 그래도 모든 것이 보였다. 당연한 것이 당연하지 않게 될 때까지 언제나 교활한 마음. 살아 있다, 때로는 이것이 제일 괴로운 말이었다. 희망 없는 고백이 좋다. 그러면 희망을 주려고. 착한 사람들이 뛰어오고. 다치고. 나는 약이 없어서 망나니처럼. 사랑만 주지. 울어야 할 때와 곳을 몰라서 언제나 축축했던 여름에. 이런 건 처음이라고 믿는 것보다 이런 건 오래된 일이라고 믿는 게 좋았다. 그리하여 조금 더 겸손해질 수 있다면, 나는 반복해서 태어나는 우울이라도 사랑할 수 있다. 많은 걸 가진 삶이여. 그러나 몰두하게 되는 단 하나의 상처를 신처럼 떠받들어 살자. 신이 울어라 한다면 마음

깊이 울 것이다. 그것이 개살구 같은 글일지라도 기쁘게 울어
볼 것이다. 여전히 살아 있는 수많은 이름을 되뇌는가. 그것을
다 불러보기도 전에 여름은 가는가. 나는 그러나 조금도 부끄
럽지 않다. 고요한 햇빛이 드는 마루에 무릎을 꿇고 앉아서 기
도하는 이 시간. 나는 당신의 마음을 해치지 않는다. 아직은
이곳에 더 머물고 싶다. 나는 나를 용서하지 못했으니까.

영원히 틀린 문법으로 시를 쓰는 사람이 되어, 나는 여기 오래
오래 있을 것입니다.

안온함이란 건 하루를 못 갔다. 정리되지 않는 온갖 상실감
에 다시 휩싸인다. 목적어가 없다. 또는 주어가 없다. 생활을
위한 육체적 상태와 운동만이 시간 위에 난파선처럼 부유하고
있다. 나는 자신을 꽤 정확하게 지적하면서도 그 이상으로 자
신의 과오와 실패를 은폐했다. 못생긴 발을 가진 나의 역사.
내가 고름일지도 모른다는 인식. 차라리 문장에서 나를 뺀다
면 그것은 매미의 허물처럼 숭고함이 되었을지도 모른다. 어
떤 숭고함이 있는지. 어떤 미덕이 있어서 계속되는지. 피동을

떠나서 끊임없이 나 스스로 걸어온 길에 대한 이유를 묻는다. 나 혼자 사랑했다가 나 혼자 버린 시와 시인들. 그리고 온갖 문학들. 지울 수 없는 계급과 우연이라기엔 신기할 정도로 정확한 간격으로 축소되고 있는 나의 세계에 대해. 지겹다. 이 더위도. 잠깐 부는 바람도. 했던 걸 또 해야 하는 것도. 그러나 제발 위로하지 마세요. 라는 문장이 새겨져 있는 묘비를 찾고 싶다. 그 사람과 온종일 대화하고 싶다.

저도 글을 썼었죠. 행복하진 않았던 것 같습니다. 고독과 질병이 늘 제 삶과 함께했거든요. 몇 없는 친구들도 꽤 오래 버텨주긴 했지만, 결국엔 떠나고 말았어요. 그때부터 저는 더욱 글쓰기에 매달렸던 것 같아요. 정력적으로 쓴 글들을 발표하기도 했죠. 사람들은 저를 작가라고 부르기 시작했습니다. 그때 애인을 만났어요. 애인은 길거리에서 노래를 부르는 가수였어요. 전 그를 위해 가사를 썼죠. 처음으로 쓴 가사에 이런 구절이 있었어요. '아무 말이나 해도 되나요. 당신이 살았으면 좋겠어요.' 8월이었어요. 오늘처럼 햇빛이 창가에 가득 내리쬐는 오후였죠. 그는 길거리에서 제가 지은 가사에 음을 붙이다 죽었어요. 강도들 짓이었죠. 장례식도 치르지 못했어요. 저는 그를 이름 모를 산에 묻었어요. 미루나무가 많은 산이었죠. 커다란 돌 밑에 그를 묻고 돌에다가 이렇게 적었던 거예요. 그날 이후로 저는 잠적했습니다. 모텔과 지하철, 길거리를 전전하면서 살았어요. 그 세월을 다 이야기하면 문학은 코미디예요. 더럽고 아프고 그립고 배고파서 눈물은 잘 나오질 않았어요. 생이란 언제나 위협받는 것이었어요. 생을 주면 죽음을 얻죠. 그 위험한 거래를 왜 아직도 허락하는지는 저도 이해할 수 없어요.

천둥이 치고 몇 초 뒤 내 마음도 무너져 내렸다. 언제나 맨 마지막으로 우는 법을 배우는 것. 위태로운 게 취미. 간절하고, 끝내 실패하는 게 특기. 그런 사람의 마음을 잘 아는 시는 아무도 모르게 비문이 되고. 나 또한 가끔은 문장이라 할 수도 없는 말들 속에서 위안을 얻었다. 그래서 아무 말이나 해도 된다는 당신의 말을 좋아했다. 시를 읽을 땐 세상 바깥에서 세상을 보듯이 읽어보란 그 말은 틀린 말이다. 나는 줄곧 마법구슬로 세상을 들여다보는 주술사처럼 살았다. 그러나 돌이켜보면 그 속엔 아무것도 없었던 것 같다. 어떤 환각 증세에 지독하게 시달렸을 뿐. 사랑도 없고 사람도 없는 어둠 속에서 역설처럼, 사랑과 사람이 있다고 말하면서 끊임없이 속이고 속았던 것뿐이었다. 이젠 언제든 포기할 수 있다고 말해주는 사람이 있었으면 좋겠다. 포기한다는 건 도전한다는 것보다 더 굳은 마음이 필요한 일이니까. 빠르게 변하고 있는 건 세상뿐만이 아니다. 세상을 살아가는 우리도 빠르게 변하고 있다.

그건 어쩌면 지구의 자전 속도보다도 빨라서 늘 우리를 미래에 살게끔 만들고 있는지도 모른다. 그래서 불안이라는 게 버릇처럼 생겨나고. 불안을 극복하는 방식으로만 삶을 나아가야 한다면. 더 자주 지치게 되고 더 자주 아프게 된다는 게 슬퍼서. 우리는 앞을 바라보면서도, 먼 곳을 바라보면서도, 줄곧 슬픔에 대해서만 말해야 할지도 모른다. 문학이든 음악이든, 집 앞에 있는 편의점에 잠깐 들르면서도 생각하게 되는 삶의 비애라는 게 사실은 그런 버릇과 자주 했던 말, 그리고 그런 정신병 같은 강박을 포기해도 좋다고 이야기해 주는 사람 하나 없어서 쓸쓸한 우리의 빈집 같은 마음들이 아닐까. 자꾸만 이런 글도 돈이 될까, 같은 하찮은 생각이 드는 이유도 내가 결코 가난해서가 아니라 내 가난 자체가 가난만을 지칭하지 않을 때, 그 말이 계속 사랑으로, 자유로, 몸을 바꾸려 들 때. 내가 가진 결핍이 더욱 또렷해지기 때문이고. 결핍을 가졌다는 말은 부재에도 물성이 있다는 말처럼 들려서 즐겨 쓰고 싶은 시적 허용이지만 도대체 나는 이런 것들을 허용해서 어떤 마음을 부리고 싶은 건지 알 수도 없는데. 그 와중에도 슬픔은 진짜가 되는 것 같아서. 자신도 없고 의욕도 사라지고 있기 때문이다. 나는 결국 두려운 건데. 두렵다는 말을 에둘러 표현하는 방법을 배우고 배워서 이제 두려움 정도는 능수능란하게 말할 수 있다고 거짓말을 함으로써, 칭찬받고 사랑받고, 인간으로서 존재해도 되겠다는 확신을 얻는다는 게, 진심으로 슬프다. 하지만 이 슬픔도 지극히 개인적이어야 한다는 게 변하고 있는 우리 세상의 테제일 테고 서툴긴 해도 나 또한 인생을 책임지려고 노력해야 한다. 푸념이 문학이 되는 시대에 살고 있다는 것에 대해 어떤 말을 할 자격도 없으니까. 그러나 세상에 대해 티끌만한 파이라도 차지하려면 '자격없음'이란 것마저도 하나의 자격을 가진 거라고. 끔찍할 정도로 긍정해야만 삶을 살아갈 만하다고. 말할 수밖에 없고 쓸 수밖에 없는 당위적인 마음이 저편에서 손짓해올 때, 나는 그 손짓을 거부할 수 없는 어떤 처지에 있는 것이다. 편의점 담벼락에 기대서 몰래 막걸리를 마시고 있던 한 할아버지를 보면서. 왜 그러고 있는지. 왜 그렇게 된 건지. 알 수 없었고, 알려고도 하지 않았고, 그럼에도 어떤 사연이 있겠거니 짐작은 했던 것처럼, 개인적이면서도 연결되어있는 인간이란 특수한 존재를 무턱대고 이해하려 들지 않고 천천히, 사랑과 의심을 공평하게 줄 수 있다면 좋겠다고. 나는 마침내 글이 그런 것이었으면 좋겠다고 생각했던 것이다. 그러나 그때까지도. 아무도 나에게 포기하라고 말해주지 않았다.

밤이 되었고 비가 오다 말다 했다. 나는 영영 여름이 될 것만 같은 예감 속에서 미래를 말한다는 게, 꼭 누군가에게 부탁하는 일 같아서 부끄러웠다. 그렇게 될 테니 믿어달라고. 눈빛으로 세상을 사려고. 꿈 같은 사진을 마음의 갈피갈피 끼워두고 이상한 말을 내뱉곤 했다. 배가 고프지 않은 날은 없었다. 계속할 수 있을까.

하늘을 쳐다보니 쓰레기 같았다. 나무도 미친 사람처럼 흔들리고 있었다. 모든 창이 감옥 같았다. 그 안에서 나를 지켜보고 있는 이. 죄 없는 죄인이여. 차라리 나랑 자리를 바꾸자. 이 세상을 당당히 살아가기에 나는 턱없이 부족한 인간이다. 인간이면서 돌이 되길 바라고, 개가 되길 바란다는 게, 한때는 수채화 같던 꿈이었지만, 지금은 색맹이 되어도, 마음이 없어도, 알을 까대는 벌레처럼, 죽임을 바라는 그 옹골맞은 날개처럼, 앙다문 입술처럼, 돌이킬 수 없는 질병처럼, 되고 말았다. 나는 여름이 좋았는데 여름은 내가 좋은 게 아니었던 거지. 그래도 젊음이 그런 거라면 그래, 되었다. 발자국을 남기지 않는 발들을 사랑하는 흰 빛을 그러나 사랑하지 않고는 못 배겼던 날들에. 숨을 참아 보자. 살 수 있다. 비둘기가 많이 모이는 곳에 가서 마음을 다 쪼이고 온 사람처럼, 여름이 저기 서 있다.

비.
비 온다.
비 오면 술 생각.

비 왔던 곳에 서서 그리워진다.

가을비는 차갑지. 저기 멀리 있는 겨울에서 오는 것 같이.
무성한 소문을 품고 폭설처럼 쏟는 빗줄기 속에서 나는 문득.
사랑은 본성이라고. 사랑은 기쁘고, 아프고, 설레고, 그립고,
좋고, 슬프고, 나쁘고, 외롭고, 고맙고. 그렇지만 사랑은 언제
나 하나라고. 저 수많은 빗방울을 보고 그냥 비라고 하듯이.

생각난 말들을 조약돌 줍듯이 가만가만 주워서 탑을 쌓았
다. 기도를 줄이려고. 바라는 게 많아지면 웃지 못할 일들이
펼쳐지니까. 우산을 미끄러져 내려오는 빗방울처럼 우리의 손
바닥도 떨어져 나갈 일밖에는 없다는 걸 안다는 듯이 흔들리
고 있었다.

# 고양이

고양이를 부르면 고양이에게 갇히게 되었다. 고양이를 보며 고양이만 되뇌었다. 그러면 고양이가 무서워하는 것들을 나도 무서워하게 되었고. 고양이의 표정 없는 얼굴을 보면서 나도 더 이상 행복에 대하여 웃음 짓지 않아도 되었다.

마음먹는다는 것. 한 움큼이거나 전부이겠지만 가능하지 않다는 걸 안다. 얼마만큼은 또 도망가는 것이겠고. 집어삼켜도 지붕처럼 얹혀서 그늘을 만드는. 마음에 대하여 오들오들 떨게 되는 가을에. 나는 나를 걱정하여 방의 창문을 닫는 것이겠지만. 그래도 마음을 밥처럼 지어 먹어볼까.

고양이에게 묻는다. 누가 살게 했어. 누군가 잃어버린 손수건처럼 잡힐 듯 쏜살같이 흩어져버린 마음에게 묻는다. 말라버린 하수관을 따라 저벅저벅 사라지는 그림자에게 묻는다. 고향이겠지. 제자리로 돌아가는 것이겠지. 제자리를 잃어버리면 어떻게 하지. 네가 있는 곳이 고향이 되지. 그런 문답. 그럭저럭한 대화.

고양이는 어디서 태어나는지. 어디서 죽는지. 너나 나처럼 오늘만 있고. 시작과 끝을 모르는 세상 속에서. 우리는 불현듯이다.

그런 게 슬프면 그런 게 슬프다고 말하면 안 될까. 쪼그리고 앉은 고양이가 고향이 되는 것. 지붕을 뒤집어쓰고 나서야 소리 내 울 수 있었다. 집에 가고 싶어. 엄마. 집에 가고 싶어요. 빗물을 첨벙이며 지나가는 버스. 욕하는 사람들. 우산을 파는 할아버지의 젖은 어깨.

서로에겐 충분했다 싶었는데.

나는 살아왔다는 걸 또 설명해야 했다. 갑자기가 아니라는 걸 짚어주면서. 점이 아니라 선이 되고 싶었다고. 살아볼 만한 세상을 꿈꾸면서 번호까지 바꿨는데. 집에 가고 싶다니. 가을도 순식간인데. 겨울 걱정은 내색할 수도 없다니. 너무 외로웠다.

그렇게 나는 다가서고 여름은 멀어진다. 그런다고 여름이 시

원해질 일은 없겠지만. 나는 어쩐지 시원섭섭했다. 마치 하늘
은 언덕처럼 굽어 있고 내가 밟고 있는 이 보도블록들은 곧이
라도 쏟길 듯 하늘 같다. 사람을 사랑할 거라면 하늘의 마음가
짐으로란 말이 이해가 가는 날. 세상은 마음과 이해로 가득하
다고 생각했다. 나무는 나무. 벽돌은 벽돌. 구름은 구름. 고양
이는 고양이. 사람은 없었다. 사람만큼은 사람 아닌 무언가였
다. 그중에서도 시인이 된 사람들의 사정은 심각했다. 생태계
교란종처럼 빈축을 사는 일처럼 불행한 마음이었다. 어떤 장
면도 위로가 되지 않아서. 우리 이제 서로의 시선을 가지고는
그만 논쟁하자. 네가 말했을 때 나는 이별을 직감했다. 나는
네가 될 수 있다. 나는 정말이지 네가 될 수 있다고. 믿었던 마
음이 허물리고. 우리 동네는 재개발 지역도 아닌데 여름이면
건물이 허물린다고. 딴청을 피우며 대답했는데. 너는 갑자기
웬 재개발이냐고 따져 물었고. 십 년이 지났다. 지난 크리스마
스엔 눈이 내렸어도 여름 같았다. 그간 세상이 많이 변했다.
한 그루도 나무인 나무는 없다고. 한 점도 구름인 구름은 없다
고 자신 있게 말하면서. 나는 사람들 사는 세상에서 쫓겨나고
있었다. 그때 나는 내가 하지라고 생각했다. 그리고 무언가가

되었다는 기분을 오래오래 곱씹었다. 조금 지겹지만 나는 밝은 이곳에서 한 발자국도 벗어날 수 없고. 그때도 어둠과 축축한 돌밑을 그리워했지만 내 모든 피안은 비명횡사였고 묘지였다. 그러므로 이곳 밝음에 대해 나는 도리어 간절한 마음까지 들었다. 허물리지 않으려고 이해하고 또 이해했다. 그럴수록 이해할 수 없는 마음이 된다는 게. 내 오랜 숙제이고 실수이지만. 이제 더는 사람이 아니어도 된다는 게 마음에 들어서. 나는 이 일을 그만두지 않았다.

고양이보다 잠이 많아지고 있다. 자면서 걱정했던 일을 꿈으로 꾼다. 잠에서 깨면 오늘은 나에 대해 몇 번 생각했는지 세어보다가. 밥을 먹는다. 배달음식은 다 거기서 거기지만. 나가긴 귀찮고 굶는 건 엄마한테 미안하다. 지루한 날들. 눈을 감고 뜨기만 해도 피곤한 날들. 내 삶에 나를 더해도 문제고 빼내도 문제라서. 적당히 하자고 마음먹었지만. 적당히란 게 또 뭔지. 하늘은 터무니없이 맑고. 그래서 그냥 울었다.

병원 앞에 가면 제일 먼저 보이는 게 담배를 물고 있는 환자

들이다. 위안이란 게 얼마나 무서웁냐. 아이러니가 시의 갈비
뼈쯤은 되는 것 같아도 저런 걸 보면 차라리 갈비뼈를 뽑고 싶
다. 나는 담배를 피우면 죽는다고 의사가 그랬다. 삶이란 건
위안보다도 무서운 것이다. 그래서 술만 먹었다. 취하면 삶도
위안도 필요 없었다. 오직 죽음 같은 잠만이 서성거렸다. 꿈꾸
는 걸 어릴 때부터 좋아했다. 좋아하는 걸 하는 게 꿈이었고.
나는 그런대로 성공했다 싶었다. 여기에 주구장창 술버릇처럼
반복해서 늘어놓는 여름 이야기도 몇몇 사람들이 좋아해 준
다. 사랑이란 게 참 어려운데. 사랑하며 살자니 거짓말이 느는
것일 테지만. 거짓말 때문에 사랑이 생겨나고. 사랑 때문에 삶
이 기껍고. 그런 아이러니는 시의 어깨뼈쯤은 되는 것 같아서.
기대고자 한다면 기대어도 된다고. 나는 또 사람 좋은 사람처
럼 말했다. 가면을 쓰고 가면 쓴 사람끼리 우당탕탕 키스를 하
는 것이었다. 그러나 나는 이미 좀먹은 병신이다. 속이 쓰린데
가을이다. 가을엔 할 수 있는 게 없다. 여름에도 없던 태풍이
온다는데 서울엔 바람도 불지 않는다. 가을도 교묘해져서 자
꾸만 나를 연명하게 만드는 것이다. 어떻게 굴복하지 않으랴.
방을 조금이라도 치우고 고향에 내려가야 할 텐데. 엄마는 대

번에 내 이마를 짚겠지. 아픈 거 아닌데요. 힘든 거 없는데요.
미리 울어두기라도 해야 할 것처럼. 가을은 왜 이렇게 나를 휘
두르는지. 무릎이 빠질 것 같다.

고양이는 매일 똑같은 풍경을 바라보고 있다. 하늘과 바람.
그리고 무한번 넘어지고 있는 빛. 싫어. 싫어. 울면서도 계속
보고 있다.

# 4부

# 시

믿기지 않는 말을 믿어달라고 하는 게 시였다. 그 말을 다 들어주는 동안만이라도 사랑을, 사랑을 하자는 게 시였다. 나는 끄덕였던 것 같다. 깊은 밤이었다.

소리를 질렀다. 커튼을 젖히는 집은 없었다.

병에 걸린 듯 기침을 하는 게 시였다. 그 기침이 그칠 때까지만이라도 손을 잡아달라는 게, 절대 놓치지 말라는 게 시였다. 나는 두려웠던 것 같다.

커튼을 젖히고 주인공이 다시 등장했다. 들어본 적 없는 노래를 부르기 시작했다. 사람들은 숨죽이고 노래만 들었다.

그런 게 시일 때도 있었다. 화려하고 사랑스러웠다. 빈 술병을 치우면서 나는 생각했다. 다시 태어난다면 개가 되고 싶다. 색깔을 모르는 개. 사랑만 아는 개.

시는 개였다. 목줄을 풀어놓아도 자꾸 돌아왔다.

# 여름의 뼈

　눈 속엔 몇 개의 진심과 거짓말이 섞여 있다. 한강처럼 아름답고 더럽다. 흐르다가 멈추다가를 반복하는 오후. 오후는 그런 거라서 나는 붙잡고 있으면서도 떠나고 싶었다. 바람이 불어 했던 말을 또 하게 될 때. 춥다 같은 말과 고맙다 같은 말을 하게 될 때. 겨울은 머릿속에서 삭제된 아이처럼 무구해지고. 한강이 다 얼 때까지 흘러가다가. 사랑은 섬일까. 배일까. 골똘해지는 동안 아무것도 아니게 되는 날들이 쌓여갔다. 나는 그 속에 놓여 있었다. 사람들이 손에 쥐고 있던 것을 놓는 곳.

　모든 게 가짜가 되었다. 저 멀리 이름도 없는 어떤 장소에 내 글들을 모두 묻어버리고 오고 싶어서 혼자서 고백하고 조용히 거두는 일. 조금은 버거워서 그만둘까 생각도 많이 했다. 저녁길을 걸으며 제법 쌀쌀해진 공기와 붉은 가로등, 학교에서 공부를 끝내고 집으로 돌아가는 학생들을 봤다. 의미 없는 나의 하루와 다르게 씩씩해 보이는 그들의 하루가 내 발걸음을 더디게 했다. 어떻게 살아야 할까. 이 길고 지루한 질문. 지금도 아껴 듣는 노래가 있다. 그것을 처음 들었을 때 나는 졸업을 앞두고 있었다. 내가 떠나는 건데 모든 것이 나를 떠나는 듯한 기분. 그 기분 속에서 나는 겨울이라는 뼈아픈 계절을 지나왔는데. 사람들은 여전히 여전하고, 나도 그 어느 틈에서 나름 사람답게 살아가고 있다고 생각했다.

　마음으로 하는 일. 또 몸으로 하는 일. 정신과 언어 사이에서 나는 여전히 갈등한다. 어떤 말은 절대로 하고 싶지 않았고, 어떤 말은 해선 안 됐지만 하고 말았고, 어떤 말은 하기 싫어도 해야 했다. 잡초처럼 방향도 없이 뻗는 말들. 또 잡초처럼 죽여도 살아나는 말들. 그 속에서 나는 꽃을 찾으려고 죄를 많이 지었던 것 같다. 손댈 수 없는 시간 위에서 겁 없이 손 벌렸던 어린 날들과, 술과 약으로 지워낸 무수한 밤들과, 사랑하는 사람들 앞에서 지었던 가짜 웃음. 이제 다 내게로 돌아오는가 보다. 온몸이 아프다. 나무처럼 눈을 감고, 지나는 이 모든 바람결의 쓰린 칼자국을 견딜 힘을 주소서.

　시를 읽을 때마다 내 인생엔 구멍이 많다고 느꼈다. 그렇지만 구멍이 많으면 많은 대로 나름 잘 살아보려 했다. 시는 잘 메워진 시멘트 땅 같았다. 불안에 떨고 있는 나에게 발을 디딜 힘을 주었다. 공허하고 그리운 어떤 날이면 나도 시를 써보자고 마음먹기도 했었다. 마치 다른 삶을 살아볼 것처럼. 상처가 말끔히 나은 사람인 것처럼. 내일을 말해보지만 달라지기엔 너무 멀리 와버렸다는 사실을 누구보다도 잘 알아서. 그저 조금만 슬퍼하다 갈게요, 말하는 술 취한 사람처럼 중얼거렸다.


작별은 작별할 때조차 아무 말이 없습니다
이별은 당겨도 당겨도 느슨한 고무줄처럼 서로를 괴롭히고
세월은 내가 아니라 다른 사람의 입으로부터 태어나는 시간
오늘은 어제
어제는 술 마시고 술을 끊겠다고 다짐한 날
내일은 정말 확신할 수 없고
그렇지만, 그렇지만
그렇다 해도 내일은 올 거야
문자를 기다립니다
벌써 울고 있는 새는 내 마음을 방해하는 장난꾸러기이지만
마음 속 뿌옇게 일어난 외로움은 장난이 될 수 없어서
나는 한동안 이렇게 살 것입니다

혼자는
혼자서는 살아갈 수 없는 팔과 다리를 가진 나무였고
우리는
모두가 혼자입니다
살아도 돼요

지하철을 타고 밤길을 달려 내가 도착한 곳에 꿈이 있길 바라며. 잠깐씩 졸다가 내릴 곳을 놓치고 손에 쥔 것 없이 돌아서야 할 때. 너무하다 싶을 만큼 시간은 내 편이 아닐 때. 아주 짧은 순간이었지만 나는 세상에서 제일 멀리 있는 하늘을 발견한 사람처럼 입을 벌리고 서 있었다. 돌덩이 밑에서 벌레처럼 산 날들이 너무 많았다. 그리워서 글을 썼던 날들이 너무 많았다. 내가 잠시 가졌던 열정과 패기를 서랍에 넣어둔 채, 반짝일까 봐 감는 눈과 욕심날까 봐 속도를 늦추는 걸음은 끝에서부터 얼어붙는 한밤중의 고무나무처럼 늘지도 줄지도 않는 꿈을 꼭 안고, 소란을 지킨다. 방문을 열지 못하게. 열어서 나를 아프게 하지 못하게. 세면대에 물을 가득 채우고 얼굴을 처박는다. 그게 내가 할 수 있는 최선이었다. 숨을 참다 보면 내 머리를 끄집어내 줄 사람이 없다는 사실을 곧 깨닫는다. 쓸쓸한 어깨엔 낙엽도 쉬이 내려앉질 못하고, 점점 차오르는 슬픔과 점점 희박해지는 꿈. 이게 맞는 길인가 싶을 때. 그러나 절대 고개를 들어선 안 된다고, 조금만 더 참으면 아주 조금만 더 참으면 나도 나를 자랑스러워 할 수 있을 거라고. 전화가 울렸다. 젖은 얼굴 아래로 똑똑 떨어지는 물방울에 내 안부들이 묻어나온다. 나는 매번 스스로를 내팽개치면서 슬픈 표정으로 서 있던 자신에 대해선 생각해보지 못한 것 같다. 나약한 나를 버릴 때 조금 더 강인했던 나는 무슨 기분이었을까. 여기저기 쓰레기처럼 버려져 있는 나를 주섬주섬 주워와 어두운 방안에서 다시 조립하는 나는. 그런 갱생의 꿈을 늘 꾸었던 나는. 무슨 기분으로 그리 하였었나.

　학교를 오래 다녔다. 사실은 학교를 떠나려고 했었다. 그때 누군가 내 손을 잡고 학교엔 이런 아름다움도 있다고 말해주었다. 학교 곳곳에 비밀스럽게 피어 있는 꽃과 울음을 잃어버린 개구리, 그런 것들을 보여주었다. 내가 쓰는 게 맞는 건가요. 물어보고 싶었지만, 묻지 못했던 말들에 대한 대답은 늘 그런 식이었다. 그 사랑에 어떤 보답도 할 수 없는 내 가난한 주머니를 들고, 나는 이제 졸업을 한다. 살던 곳에 울타리를 없애는 일처럼 나는 조금 더 홀가분해질 테지만, 또 조금 더 위험해지겠지.

또 힘들어지면 그 얼굴을 기억하는 거야. 그가 말한다. 붉은 장미처럼 시절 없는 사랑을 꼭 기억하는 거야. 그래서 이름도 다 다른 슬픔들이 내 옆에 앉아서 입을 벌리고 있을 때, 뭐라도 먹여줄 수 있게. 식구니까. 우리는 식구이니까. 가끔은 창문을 열어 갈비뼈가 훤히 보이는 겨울에게도 따스한 방을 내어줄 수 있게. 넉넉해지자.

길을 걸으면 또 무슨 생각을 하게 되고. 그러다 보면 어느새 지나온 길들이 가득해지는 세상에서. 눈물을 떨구지 못하고 언제나 그렁그렁한 가로등 아래에서. 열심히 시를 쓰길 바라며. 또 못다 한 공부를 하길 바라며. 엄마 아빠 사랑해. 골목의 가파른 오르막길을 턱턱 올라오면서 생각했다. 내 옆에 있는 사람이 너무 좋다고. 무엇이든 할 수 있을 것 같다고. 이런 내게도 신념 같은 게 있을까. 날이 갈수록 시는커녕 글은 이런 거라고도 말할 용기가 사라진다. 나는 내 몸을 본다. 마르고 딱딱한 몸은 척박한 땅 같다. 아무도 집 지을 생각을 않는 텅 빈 사막. 찬 기운만이 맴도는 백야처럼. 쓸쓸한 이 몸에도 조용히 겨울이 든다. 잡히는 대로 옷을 주워 입고 의자에 앉았다. 해야 할 일들이 너무 많다. 사람들은 어떻게 사는 걸까. 어떻게 살기에 다들 저렇게 규칙적인 걸까. 블록을 쌓듯 자기 인생의 커리어를 차곡차곡 쌓아가는 사람들을 보면 신기했다. 글을 쓴다는 게 나를 되돌아보기만 하는 일이라서 나아가는 순간의 자신에게는 눈길도 주지 않는 일이라서 나는 어쩌면 늘 어제의 나만 마주한 채 밥을 먹고 이를 닦고 거리를 걷나 보다. 어제 본 하늘. 어제 본 나무. 어제 죽인 벌레. 어제는 간단해서 이름이 있었다.

　손을 펴면 손을 오므렸던 사람이 있듯
　괜찮다 안 괜찮다
　괜찮다
　낙엽이 떨어지고 있었고

소주 한 병 받아 오는 날 어른이길 포기하면
새벽 이슬에도 젖는 마음이 여기저기 전화를 해댄다
아무도 받지 않는
끝도 없이 뻗은 도로 위에서
나는 할 말이 많았는데 지금은 모두가 잠든 시간이니까
나도 이제 눈을 감고 내가 몰랐던 이야기를 들어야 하는
시간이니까
산다는 게 그렇게
밉고 또 밉다


놀이터 그네에 앉아 아이들의 발자국을 세고 있었다. 셀 수
없을 만큼 많은 발자국들은 차라리 낙엽이어라 하고 울었다.
그러면 푹푹 발이 빠진다. 눈도 오지 않은 밤에 우리는 헤매
다, 잠이 들겠지. 서울은 자다가도 이불을 혼자 덮어야 하는
곳이래. 내려오지 않을래? 어떻게 그래요. 어떻게든 할 수 있
는 일과 어떻게도 할 수 없는 일 사이에서 나는 흔들리다가,
흩어지다가, 아무도 내 이름을 모르는 곳에서 괜히 마음이 편
해서 조금씩, 조금씩, 버티기로 한다. 여름도 뼈를 키우는 중

인가 봐요. 나도 강인해지겠습니다. 어머니, 여기서도 오리온 자리가 보입니다. 언제 어디서든 셋이 함께 있는 그 별자리요. 괜찮아요. 괜찮습니다. 오늘은 집에 쌓여 있는 종이들을 버릴 것입니다. 어떤 건 찢어 버릴 것이고 어떤 건 차곡차곡 쌓아 버릴 것입니다. 인간은 이기적입니다. 나는 오늘 이기적일 것입니다. 그래서 인간이 된다면, 당당히 성공이라고 말하겠습니다. 나는 기다렸다. 시간은 자꾸 내게 자신의 살갗을 내어주면서 내가 뛰어들기를 기다렸으나, 미안함이란 건 마음이 태어날 때부터 그렇게, 내가 어느 이름 모를 까마득한 생애로부터 끝맺어질 때, 누군가 쥐여준 노잣돈처럼 반짝이는 것. 이제 그만 뛰어내릴까. 눈처럼 사뿐히 영원한 시간이 되어 볼까. 그렇지만 나는 아직도 내가 무얼 잘못했는지 모르겠다.

바람이 차다. 나는 무얼 할 수 있는가. 고요한 물잔을 통과하는 투명한 빛. 빛이 고요를 투명하게 만든 건가. 고요가 투명함마저 빛으로 만든 것인가. 누가 먼저랄 것 없이 우리는 서로에게 최선을 다하고 있는 것인가. 그럴 수만 있다면. 물의 표면이 작게 흔들린다. 겨울도 통하지 않는 물속에서 누군가

솟구친다. 지난한 그리움? 못생긴 외로움? 이름 모를 그것의
대가리를 재빨리 낚아챘다. 손가락 사이로 뚝뚝 떨어지는 빛.
순식간에 얼어버리는 빛. 문을 닫듯이 바깥에서부터 천천히
걸음을 멈추는 빛. 내 몸이다. 내 마음이다. 더 이상 뛰지 않는
심장이다. 그러나 나는 아직도 할 일이 남은 사람처럼 걷는다.
모든 걸 뒤로 한 채, 모든 걸 걸었다는 듯이. 인간에게 필요한
인간이 되려고. 사랑을 하려고. 혹은 사랑을 받으려고.

# 비오는 밤이었다

내가 가진 책을 다 팔고도 모험가로 살 수 있다면 얼마나 좋을까. 내가 가진 돈을 다 주고 영혼을 씻을 수 있다면 얼마나 좋을까. 내가 가진 것 하나 없이 술을 얻을 수 있다면 얼마나 좋을까. 나를 떠난 친구들이 모두 행복하듯이 나의 친구들이 행복하기 위하여 나를 떠난다면 얼마나 좋을까. 그러한 사실을 깨닫기까지 서로에게 아무런 상처도 주지 않을 수 있다면, 그러나 정말 그런 일들이 가능할까. 시를 쓰듯이 꾹꾹 눌러 쓴 일기에 나는 모든 사람을 계절이라 불렀다.

여름은 길고 긴 계절. 퀴퀴한 냄새가 올라오는 낡은 평상에 누워 있는 나의 모습을. 발끝에서부터 고목처럼 어두워져 가는 너의 기억을. 자주 떠올리며 걸었지. 아무도 기도를 올리지 않는 밤에, 혼자 거리로 나와 붉은 등이 켜진 술집도 지나고. 이름 없는 공원도 지나고. 불이 꺼진 아파트도 지나고. 영업을 쉰다는 컴퓨터세탁방도 지나고. 조무래기 같은 아이들이 모여 놀던 문방구도 지나고. 폐공장도 지나고. 녹슬고 금이 가고 폭삭 무너진 아버지의 어깨도 지나고. 더욱더 깊은 어둠 속으로. 나는 가보았다.

돌아오고 싶지 않았다. 그 여름에 내가 흘린 땀은 시였을지
도 모르지. 그러나 자부심도 없어라. 수치심만 가득하여라 돌
아온다는 것은. 돌아온다는 것은 내가 아직도 희망을 품고 있
다는 거겠지. 희망을 품을 빈방 하나는, 아무것도 들이지 않
고, 나조차도 들이지 않고 희망만을 안고 문을 꼭 닫은 채. 밤
낮으로 익어간다. 얼마나 좋을까. 누군가 그 문을 열어서 고문
을 끝내준다면.

# 주머니

감추고 살아야지. 내가 좋아하는 거. 내가 하고 싶은 거. 내가 나라는 거.

어떤 날엔 감정들이 질서를 지키듯이 정확하게 차례대로 온다. 나는 새끼 새 마냥 입을 벌리고 그것들을 성실하게 차례대로 받아먹는다. 정신없이 시간이 지나고. 노트에 싫어하는 사람의 이름을 몇 번 적고. 그것을 지웠다가 볼펜으로 다시 적었다. 지울 수 없으니 덮을 수밖에. 자리에서 일어나 창문을 열고 무엇을 바라볼까 생각한다. 뒤틀린 것들에 대해. 정말 아직도 좋니, 나에게 묻는다. 좋아요. 좋아서 계속하려고 하잖아요. 언젠가 친구가 했던 말이 떠올랐다. 난 문학을 취미로 하진 않을 거야. 젊어서 몇 번 기웃대다가 사라지는 글쟁이 따위 절대 되지 않을 거라고. 보고 싶은 내 친구. 내 삶은 이제 너무 간단해져 버렸다. 어쩌면 네가 그토록 혐오하던 취미를 내가 즐기고 있는지도 모르겠다. 쓰는 날보다 쓰지 않은 날들이 더 많고, 쓰는 일 대신 어떤 것들로 그 시간을 다 채웠는지 모르겠다. 그래서 그냥 입만 벌리고 있었어. 슬퍼서 울었고 행복해서 웃었어. 한 발자국도 나아가지 못했어.

# 새벽에는 방 한가운데 무릎을 꿇고 사랑을 한다


　지나가고 있다. 사랑하고 있으며. 슬퍼하고 있다. 신발장을
열면 신발들이 입을 벌린 채 굳어 있겠지. 달리고 싶었던 날
들. 그리고 멈추고 싶었던 날들. 우리는 활강을 배우고 말았
다. 가만히 있어도 그렇게 되고 말았던 날들. 다 지나가고 없
다. 내가 새라면. 가장 먼 곳에 있는 너를 보고도 날아가리라.
그냥 날아가리라. 어떤 인기척도 느껴지지 않는 마을의 아침.
적막을 깨고 달아나리라. 금이 간 하늘에서 뚝뚝 떨어지는 마
음의 표정을 나 몰라라 하리라. 그리하여 내가 무얼 먹고 무
얼 쓰건. 그런 건 중요하지 않다. 쏟아지는 비들. 손가락들. 깃
털과 울음 쌓일 뿐. 종종 웃음 짓다 웃음 거둘 뿐. 그러나 사랑
은 있다. 그러나 사랑은 있었기에. 끝도 없이 끝을 미루며. 뒤
틀린 몸을 이끌고 지나간다. 지나가고 있다. 사랑하고 있으며.
사랑하고 없으며. 슬퍼했다.

# 여행

바다엔 부표가 그리워서 갔다. 들길엔 잡초가 그리워서 갔다. 너에게선 그리움이 사라질 것 같아 가지 않았다. 문학엔 무엇이 있는가. 무엇이 있어서 갈 수도 없는가. 그러면서도 나는 여전히 그 불빛이 보인다. 죽고 싶은 유령이, 비명을 지르는 비명이 노래처럼 들린다.

문학을 사랑하고 인간을 사랑할 때. 참을 수 없는 눈물 속엔 빛이 있다. 그리고 그 빛을 향해 끝없이 몸을 던지는 사람이 있다. 눈물의 바깥에서 시작된 어떤 꿈이, 너무 정직해서 그 사람을 배신할 때. 내가 보았던 어둠과 텅 빈 불빛. 그것은 세계였을까.

언젠가 왜곡되지 않는 어둠에 대해 생각했었다. 그것은 어떤 소리도 내지 않았지만, 수많은 소리에 휩싸여 있는 것 같기도 했다.

나는 단숨에 쓸쓸해져 이불을 머리 끝까지 덮고 그 시간이 지나가기만을 기다렸다. 밤의 바깥은 어디일까. 문학을 또 사랑하게 되는 이유는 무엇일까. 재보다 시커먼 시간 위에 그리운 얼굴들이 떠오른다. 사랑하지 않을 수 없고, 가엽지 않을 수 없는 마음들이 떠오른다.

아주 작은 불빛 하나가 보였다. 내가 그것을 발견했을 때, 이미 그것을 향해 모든 것들이 전속력으로 달려가고 있었다. 불빛 속으로 들어왔을 때 우리는 그것이 불빛인 줄을 잊어버리고 말았다. 환한 얼굴들이 여러 겹으로 겹쳐 보일 뿐이었다. 우리는 금방 눈이 멀었다. 살이 녹았고 뼈가 부서졌다. 까만 재가 되어 흰 빛 위에 덮였다.

바람이 분다. 우리는 다시 방의 바깥으로, 교실의 바깥으로, 차창 바깥으로, 철창 바깥으로, 알의 바깥으로, 나무껍질의 바깥으로, 구름의 바깥으로, 숲의 바깥으로, 바다의 바깥으로, 바깥의 바깥으로. 사라지고 말았다.

# 주취자

나는 연휴 동안 기뻤고 또 연휴 동안 슬펐다. 글 쓰는 사람들 인생은 다 비슷하겠지? 설명이 필요 없는 삶은 글 속에 있고 설명을 해도 부족한 삶은 글 바깥에 있으니. 모처럼 글이랑 부대끼면서 지낼 수 있는 나른한 오후의 연속이었지만, 저녁만 되면 '그래서 너는 뭐 해? 글은 잘 써져? 글은 글이고 뭐 할 거야?' 라는 연속된 질문 덕분에 알콜중독자가 되었다!

일주일 내내 술을 먹었더니 아침엔 속에서 어떤 귀신이 행주를 짜듯 내장을 뒤틀어버리는 것 같았다. 애인에게 한 소리 들어도 멈출 수 없는 술잔. 부모님에게 얻어맞으면서도 멈출 수 없는 술잔. 할 말을 잃어버리면서도, 취준생인 내 친구들아. 너희들이 이토록 사랑스러워 보이는 내 어쩔 수 없는 간사함을 이해해라. 용서해라. 고삐가 풀린 밤, 나는 전화기도 꺼두고 술잔을 기울였다.

왜 글을 쓰냐고 묻는 사람들을 광화문 광장으로 끌고 가 흠씬 패주었다. 눈으로 손에 묻은 피를 닦고 저 멀리 바람이 횡횡 부는 북한산을 바라보며 허적허적 걸어갔다. 한참을 걸었는

데 갑자기 내 앞에 어떤 커다란 물체가 섰다. 너는 예수도 아
니고 부처도 아닌 게 키만 멀대 같이 커선 표정도 없고 얼굴도
없느냐. 오줌을 갈겨주었더니 바짓단에서 바퀴벌레가 기어나
오는 너는 누구의 신이냐. 어깨를 두드려주는 너는 도대체 누
구냐.

　내일부턴 연휴가 끝난대. 그렇다고 삶이 시작될 것 같진 않
은데 왜 이렇게 설레냐. 친구야. 이게 맞냐? 친구는 아무런 표
정도 없이 나랑 같이 오줌을 갈겨주었다. 그래, 이토록 야심한
밤에 우리의 더러운 꿈이 섞이는구나. 저기 별을 따다가 흐르
는 강물이 되는구나. 기억나냐. 김동리 무녀도에도 나오는 그
강. 우리 집앞에 있는 그 강 이름이 애기청소라잖아. 그 강 밑
에 애기들이 쫙 깔려 있대. 어쩌면 나도 그 애기들 중 하나가
아닐까.

　어쩌다가 빈 껍데기에 흘러든 바람에 이름 불려지고 인간들
눈에 보이는 검은 귀신이 된 건 아닐까. 가끔은 글이 현실보다
더 현실적일 때도 있어. 친구가 말했다. 우리는 동시에 고개를

들었다. 별 하나가 툭 떨어진다. 소원은 빌지 않았다.

# 어린 날의 연금술

문장 속에 마법을 부려 놓는 노인이 있었다. 어린아이는 그 노인에게 찾아가 마법을 가르쳐달라 했다. 노인은 돈도 받지 않고 마법을 모두 가르쳐주었다. 아이는 뛸 듯이 기뻐 집으로 돌아와 배운 마법의 주문을 하나씩 되새겨보았다. 그러나 아무 일도 일어나지 않았다.

아이에겐 자기만의 문장이 없었다. 의미 없이 나열된 단어 몇 개에 마법을 부리자 반짝하고는 모든 단어가 사라졌다. 아이는 화가 났지만, 다시 노인을 찾아가진 않았다. 책상에 앉아 연필만 만지작거렸다. 노인은 아이에게 마법을 가르쳐주며 이런 말을 했다.

떠나고 싶을 때 어디로든 떠나는 그 마음속에 새로운 너의 말이 생길 것이니.

아이는 자리에서 벌떡 일어섰다. 그리고는 짐을 챙겨 집을 나섰다. 어떤 메시지도 남기지 않은 채, 아이는 여전히 돌아오지 않고 있다. 나는 밤만 되면 그 아이가 있을 곳을 떠올린다.

이 별엔 더 이상 없을지도 몰라. 그렇게 생각하면 서글픔과 함께 기쁨이 섞이어 들어찼다. 마치 누군가 내 마음에 마법을 부린 듯, 바다처럼 깊어지고 컴컴한 수면 아래 반짝이는 빙산처럼 굴러다니는 하나의 별을 본 것 같이 나의 눈동자는 커졌다.

아무리 눈을 크게 뜨고 다녀도 보이지 않던 것들이 보이기 시작하고, 단 하나의 음성이 자그맣게 들려왔다. 떠나라. 떠나자. 내일 아침이 되면 너는 여기 없어라. 없어지는 것은 마법과도 같은 일. 누구의 기억 속에도 살지 않고 어떤 흔적 속에도 살지 않고, 이름도 옷도 없이 홀홀 떠나라. 네가 있을 곳은 네가 없을 곳이다.

# 겨울풍경

캉캉 얼어버린 강 아래 갇힌 살결 같은 물결. 울어봤자 내 얼굴만 커지고 웃어봤자 내 마음만 춥고 가만히 있어봤자 봄은 오고야 말 테지. 길에 피어난 꽃을 툭툭 꺾으면서 걸어오는 너. 나도 네가 좋아. 우리 함께 피어날 모든 꽃을 꺾어버리자. 더 이상 휘둘리지 말자.

끝없이 펼쳐진 평원을 걷는 기분이었다. 벽 속에 너무 오래 갇혀 있었던 사람만이 아는 기분이었다. 모든 게 살아온다는 것. 그리고 그 끝은 무엇인가. 무엇이든 괜찮다고 말해 주는 책을 읽었다. 그리고 그 끝엔 무엇도 없었다. 국밥 사 먹을 돈 한 푼 없었다. 소주 한 잔 할 따뜻한 방 한 칸 없었다. 모든 게 살아오고 있으므로 내 자리 같은 건 없었다.

숨도 아껴서 쉬어. 너 같은 새끼는 그래야 해. 그 사람의 어깨 위엔 유령이 잠들어 있다. 한 손엔 칼을 들고, 징그러운 입에선 침이 잔뜩 흐르고 있다. 시간에도 점성이 있다면 저리 게으르겠지! 우리는 생각했다. 저 칼을 빼앗아 그 사람을 쑤시고 달아날까, 아니면 유령을 잠에서 깨울까. 내 상상력은 너무 못

생겨서 사랑받지 못하겠지. 네가 말했고, 나는 고개를 끄덕였다.

　　우리는 글을 써야지. 칼은 내려놓고. 칼보다 뾰족한 글을 써
야지. 너는 흰 벽에. 나는 네 다리에. 한 글자씩 새겨 간 얼굴.
이름. 그리고 괴롭혀도 괴롭혀도 자꾸 자라나는 살결. 차라리
사랑해버린다면?

# 아침마다 오는 카톡


소줏값이 또 올랐다. 앞으로 시를 쓰는 날이 더 줄겠구나 싶었다. 엄마가 힘을 보탠다. 아침이면 도착해 있는 한 편의 시. 아뇨 어머니, 하루를 시작하는 데 시는 도움이 안 되잖아요. 그래도 귀여운 엄마의 마음 때문이라도 얼른 시를 써서 시인이 되고 싶었다.

내 방은 흰 벽. 불을 켜고 자도 어두운 땅속. 서늘하고 섭섭한 모든 것과 싸우는 중이라네. 문을 열면 골목 가득 기어 다니고 있는 밤과 꿈과 욕된 마음들. 그것들이 나에게 나를 강요할 때, 커질 수밖에 없는 고백은 이미 너무 멀리 가버린 시. 사랑받지 못할 시라네.

사람들 지금은 웃고 있지만, 언제 저 웃음을 거두고 나를 지나칠까. 사람들 지금은 손잡아주지만, 언제 내 손까지 싹둑 잘라 가져갈까?

그러면요, 나는 토르소도 아니고 그냥 병신이 되는 것입니다. 그래도 엄마는 마음을 믿는 사람이니까. 계속 시를 보내주

세요. 그러면요, 소주는 못 마셔도 적당히 슬퍼요. 계속 시를
쓸 수 있어요.

# 연필을 깎으면서

혹심이 툭 하고 부러져 나온다. 가느다란 너의 흰 목처럼 굴러간다. 아주 조금 눈물이 났다. 별도 뜨지 않는 밤에. 이름을 붙일 수 없어서 그리운 법도 없다는 게.

망망대해처럼 뻗는다 마음

나는 헤엄쳐 간다. 꿈이 있다면 그곳에서 만날 것이다. 그리고 서로를 알아볼 것이다. 그때는 뺨을 때려도 좋아. 배신당하고 싶으니까. 용서하고 싶지 않은, 배신을 당해서 글 같은 건 이제 쓰기도 싫고 읽기도 싫고. 그때가 올 때까지. 아무것도 모르는 표정으로 나는 가고 싶다. 너의 목이 차갑게 식어 있는 그곳까지. 씩씩하게.

# 천마총

유채꽃이 끝없이 피어 있는 이 별 위에 너랑 나만 서 있어. 집도 절도 없는 동네에서 너랑 나도 꽃처럼 흔들리고 있어. 너는 내 손을 잡고 무언가 말하려 하지. 오래 굶주린 뱀처럼 느릿느릿 입 안의 혀를 꺼내지. 나는 그 어둡고 축축한 계절 속에서 맨몸으로 비를 맞지. 꽃씨처럼 퍼지는 그 말들이 우리 온몸에 싹 틔우고 푸른 잠에 들 때. 그런 숲을 본 적 있느냐고. 살아 있는 모든 것의 몸속엔 조금이라 해도 전부 독이 있다고. 가만히 있지 않으면 우리는 쏘여 죽을 거라고. 그래도 괜찮아. 손을 잡자. 발끝에서부터 조금씩 무너지기 시작한다. 너는 웃는 눈. 나는 웃는 입. 내가 먼저 거두는 행복. 네가 끝내 거두는 슬픔. 마구 뒤섞인다. 아이가 물감을 휘두르는 듯 봄 속에 갇히고 만다. 그런다 해도, 몇 번을 덧대어 우리의 컴컴한 표정이 가려질 수 있다면. 봄은 몇 번이고 오라.

# 철든다는 것

잘 살고 싶어서 빨리 컸는데, 다 크고 보니 잊어버리고 싶다. 거짓말을 조금만 못했어도 문학 같은 건 손도 안 댔을 텐데. 너무 가난하면 조금만 먹어도 배부른 법을 알고. 너무 슬프면 아무리 작은 벌레라도 반갑게 여겨지고. 너무한 것들이 너무 많은 세상에서 나는 한 번도 너무했던 적 없었는지. 그렇지 않다기엔 너무 잦았던 작별이었다.

안녕, 말하면 다가오는 중인지 떠나가는 중인지 헷갈리고만다.

그래도 안녕, 말하면 여전히 너는 크고 희미한 별이었지만 나에게도 빌어볼 일이란 게 생겼다.

자주 꿈을 꾸고 희망에 찬다는 게 쉽고 기쁜 일이라면 누가 마다할 건가. 신은 아직도 내 편이 아니고 나는 바라는 게 많은데, 태양 뒤에 서면 숲속까지 고개를 내미는 저녁의 목엔 누가 물을 축여줄 건가.

사람들은 자꾸 병들고 서로를 미워하는데,
길 잃은 아이처럼 우는 고양이는
언제까지 사랑스러울 건가.

할 일이 많아요 아직.
살날도 많이 남았구요.

다만 꼭 어제와 같은 몸집으로 점점 험악해지는 이 별의 몸
부림을 견뎌야 한다는 게 조금은 무서워요. 소설 속엔 사람이
나오지 않고 시 속엔 유령들 목소리만 가득하고 어떤 이의 일
기 속엔 날씨가 없고 또 어떤 이의 편지 속엔 주소가 없고 또
또 어떤 이의 입 속엔 혀가 없어요.

우리 집엔 서랍이 없다.
널브러진 오늘 위에 오늘을 또또또 쌓고,

그래서 잘 살게 되었느냐. 잊어버리고 싶지.
잊어버리고 싶어.

# 부재중

친구들은 다 잘 사는 것 같다. 나도 잘 사는 것처럼 보이려고 이러쿵저러쿵 이야기를 꺼내놓는다. 친구들은 내 이야기에 맞장구를 쳐주면서 앞으로도 잘 지내자고 한다. 조만간 얼굴 한번 보자고도 말한다.

혼자 술을 따르다 말고 침대에 누웠다. 그리고 생각에 잠긴다. 숨을 꾹 참는다. 그러나 끝나지 않는 터널처럼 어둡고 긴 의식의 방랑 속에서, 내가 원하는 것은 아직 하나도 이뤄지지 않았다. 이대로 죽는다면 정말 볼품없는 인생이었다고 사람들이 욕하겠지? 다시 숨을 몰아쉰다. 삶이 또 흘러간다. 밤새 똑똑 떨어지는 욕조의 물방울 소리에 집중한다. 마르지 않는 리듬에 대해 생각한다. 도망가버린 시구에 대해 생각한다. 거의 헤어진 것과 다름없는 몇 가지 명성에 대해 아쉬워하다가, 자세를 고친다.

왼쪽 발이 저려온다. 그것은 나의 가장 오른편에 있었던 어떤 한 사람이 이제 이 방을 떠나고 있다는 사실과 같다. 나는 더욱 오른쪽으로 도망쳤다. 그곳에는 아픔이 없을 것 같다. 이유 없이 웃고 있는 사람들이 많았다. 그 입에 주먹을 넣는다. 어깨를 집어넣고 얼굴을 들이민다. 사람들은 삼켰던 것들을 다시 뱉고 그 자리에 나를 받아주었다. 친구들이 어디냐고 묻는다. 어디에도 없다고 대답한다.

친구들은 이해해준다. 나는 그것을 다시 이해시켰다는 말로 바꾸어준다. 친구들이 고개를 끄덕인다. 나는 그것을 다시 가로젓는 표정으로 바꾸어준다. 친구들이 또 무언가를 하려고 할 때였다. 나는 전화기를 없앴다. 그리고 아주 작은 빛을 보았다. 손가락으로 그 빛을 훔쳤다. 그러나 지워지지 않는 희망이 있다는 건 언제나 괴로운 일이다. 나는 손가락으로 내 눈을 찔렀다.

# 소나기

갑자기 비가 내렸다. 새로 산 코트가 다 젖었다. 나는 바삐 걸었다. 문득 도망치고 있는 건 아닐까 싶었다. 어떤 여자와 남자가 골목 모퉁이에 서서 서로를 마주 보며 있었다. 남자는 초콜릿을 들고 아이처럼 웃었다. 그런 일들이 눈에 밟혔던 게 언제였을까. 애인은 여전히 아이처럼 웃는다. 미안하게 자꾸만 웃는다. 내가 하는 모든 일이 자꾸만 우스워진다. 비는 그칠 줄을 모르고, 나는 젖을 줄 모르는 사람처럼 자꾸 눈물이 났다. 다다르니 처음 보는 길이었다. 어두웠고 무서웠다. 나 약한 마음이 드니 등골이 낭떠러지처럼 깊어진다. 아무도 나를 위해 뛰어들진 않을 것 같고. 나도 나를 안아줄 수 없는 하루였다. 그리고 이렇게 글을 쓰고 훌훌 털길 바란다. 나의 집. 작은 사막. 이따금씩 눈꽃보다 먼저 피는 애인과 이 겨울을 날 수 있다면. 그리고 계속 걷는다. 비는 환상이었나. 젖은 어깨는 무얼 위한 꿈이었나. 이제는 깨어나야 한다. 너무 오래 잠들어 있었던 다리를 일으켜야 한다. 영문을 모르는 사랑처럼, 아름다워야 한다.

# 졸업

　해야 할 일은 안 하고 나를 지우는 실력만 늘어간다. 오늘은 졸업장을 받아들고 집으로 왔다. 교문을 나서면 이제 새 삶이 시작될 거란 말에 희망이 꽉 차서 또 속았다. 괜히 아름다워 보이는 골목과 건강해 보이는 고양이와 내가 있다. 우리 잘 살 거지. 그래 잘 살 거야. 그러나 집으로 돌아와 어제 먹다 남은 컵라면을 치우다 보면 다시 야구공만 한 슬픔이 울컥거린다. 아버지는 내게 캐치볼도 한 번 안 가르쳐주고 왜 그리 바빴대. 전화를 한다. 어머니 저 졸업했어요. 그랬구나. 그랬지요. 어떤 말을 더 하려 해도 내 마음은 이미 연습하다 버린 공들로 가득한 운동장이었다. 미칠 듯이 뛰고 싶었다. 숨이 끝까지 찰 때까지 뛰고 또 뛰어, 멈춰선 이곳의 이름? 세상에서 가장 높은 101호입니다. 지구 깊숙이 박힌 내 이빨입니다. 컴컴한 입 속으로 이제 다시 들어가자. 정말 혼자가 되었으니까. 여기서부터 다시 시작. 하고 일기를 다 썼건만, 오늘은 멈추고 싶지 않다. 술병을 다 치웠다. 책을 다 덮었다. 요즘 푹 빠진 가수의 노래를 듣는다. 제목이 가리워진 길이라는데. 우리는 왜 걷도록 태어났을까. 왜 뛰어야만 하도록 두려운 마음 지녔을까. 안 보이면 가만히 있어도 되는 삶. 살아본 적 없는 그 삶이 너무 그

리워서, 나는 그냥 견뎌봅니다. 필요가 느껴지지 않는 하얀 이
몸을 지워봅니다. 해야 할 일도 잊고, 그러는 중입니다.

# 문자메시지

　너무 슬퍼하지 말자. 어서 꺼내자. 주머니 속에서 썩고 있는 그 슬픔을 멀리 멀리 던져버리자. 어디서나 자라는 토마토처럼 또 사랑받을 것이다.

　일이 잘 풀린다 해도 우린 외로울 거야. 지금 이곳엔 없는 낮달처럼.

　오고 싶을 때 오지 못하는 사람처럼. 그곳에 깊숙이 뿌리를 박고 영원히 그곳이 될 것 같이. 비가 오기 전까진 우리도 건강할 테고. 비가 오더라도 감출 게 없는 우린 자랑스러울 거야.

# 회복한 줄 알았다

　기쁜 일이 있어 혼자 울었어. 내일이 빨리 왔으면 좋겠다. 사람은 결국 혼자 나아야 하는 건가 봐. 중얼거렸다. 중얼거렸더니 비가 온다. 가만히 서 있었다. 빗속에서 손끝을 빠져나가는 기쁨의 미끄러운 몸. 골목길보다 기다란, 그 몸을 바라보았다. 허물을 벗고 더욱 빨개지는 기쁨을 누군가는 부끄러움이라 불렀다. 나는 그러나 그것을 끝까지 기쁨이라 부름으로써 내 안에 남아 있는 아주 작은 희망을 포기하지 않는다. 돈보다 중요한 기쁨이라네. 명성보다 중요한 기쁨이라네. 이름보다 슬픔보다 마음보다 하다못해 나보다도 중요한 기쁨이라네. 하늘을 바라보면 바늘침 같은 비가 떨어지고 있고 나는 철 지난 스웨터처럼 기워지고 있고 너는 창밖으로 내가 죽기만을 기다리고 있겠지. 신이란 건 나를 그렇게 괴롭히고도 모자라서 희구한 빛이 되어 정신까지 앗아가려 한다. 눈이 멀어 반복하는 말. 내가. 내가. 내가. 그러나 나는 없는 빈 껍데기 속에서 어느 날은 파도가 치고 어느 날은 아버지의 목소리가 메아리 되어 돌아왔네. 나는 무릎 꿇고 그 소리를 기록한다. 이곳은 소라의 몸속. 만났던 모두가 환상처럼 사라지고 발자국도 없이 걸어가는 소리들만 보이는 기쁨의 꿈속. 내가 운다는 건 실재다.

젖은 시집을 들고 내가 운다는 건.

# 어떤 이력

외롭다는 건 사람과는 관계없는 일인가 봅니다. 살아가는 중에 쓰는 글이란 어디까지나 인정투쟁에 불과하고. 죽어서나 인정받을 글. 그마저도 불확실한 글을 쓴다는 건 어떤 목적이 있어 그리합니까. 나는 답하지 못했다. 생각하면 할수록 글을 쓴다는 건 미친 짓이에요. 세상에 아무런 도움이 되질 않아요. 누가 읽어준답니까.

누구, 그런 게 꼭 중요할까. 누구든 읽어만 준다면 쓰겠다는 사람들을 난 믿지 않아. 난 내가 읽을 글을 쓸 거야. 이 모든 글은 내 자화상이야. 얼굴이 너무 못생겼어. 이마엔 피가 고여 있고 입술은 부르텄어. 옷도 싸구려 꼬질꼬질하지. 그러나 사랑은 사랑이다. 사랑은 사랑일 뿐이라서 믿을 만해. 내 얼굴 엔 사랑이 있어. 글을 쓰면 그 사랑이 보여. 너는. 너에게는. 그런 숭고함이 있니.

2017
눈을 뜨니 이틀이 지나 있었다. 술을 너무 많이 마셨다. 동네 형이 사 온 싸구려 데낄라 빈병과 딱딱하게 식은 냉동 피자

자가 방바닥에 어지럽게 놓여 있었다. 형은 옆에서 여전히 잠
들어 있었다. 나는 방을 치운다. 쓰레기를 버리고 책을 제자리
꽂는다. 촛불을 끄고 촛농을 닦는다. 형을 깨운다. 눈을 뜨지
않는 형. 형은 영원히 제 기억에 없을 거예요.

## 2009

나는 죽음을 팔지 않는다. 그러나 죽음은 내게 언제나 가까
웠다. 집안 가득 책장에 꽂힌 책처럼 정갈하게 서 있는 귀신
들. 그대들을 숭배하지 않는 건 내 곤조다. 대신 술을 많이 마
셔주지 않는가. 이 못생긴 것들. 나를 한 번도 제대로 눌러보
지 못한 것들. 난 언제나 다시 일어났다. 일어나서 인간으로서
할 일을 다 했다. 책을 읽고 답을 찾았다. 모래를 꽉 움켜쥐면
모래가 빠져나간다. 물을 떠 놓으면 물이 사라진다. 불을 지펴
놓으면 불이 꺼진다. 연기를 내면 연기가 사라진다. 인간도 태
어났으니 언제고 남을 수는 없다. 아무것도 아니다. 잔존하는
너희들이 비정상일 뿐. 개의치 않아야 한다.

## 2022

어제는 가위에 눌렸다. 이젠 불을 끄지 않아도 귀신이 온다. 그러나 귀신보다 무서운 건 서늘함이다. 칼 밑에 놓인 모가지처럼 나는 떨었다. 누군가 집의 온갖 문과 벽을 허문 듯 견딜 수 없는 추위였다. 팔을 뻗었지만 환상이었다. 몸을 일으켰지만 환상이었다. 귀신은 나를 해코지하지 않는다. 그저 추위에 벌벌 떠는 나를 지켜볼 뿐이었다. 외롭지 않아. 난 여전히 내 못생긴 얼굴이 좋아. 아무리 쳐다봐도 내 사랑은 식지 않아. 나는 또 쓸 거야. 그 뒤로도 나는 계속 말했다. 환상이었다.

## 2015

엄마. 시집을 냈어요. 거짓말을 잔뜩 했어요. 나는 벌 받을 거예요.

## 2017

형은 나에게 말했다. 그러나 나는 아직도 형의 말을 하나도 기억해내지 못한다. 어떤 날엔 내가 아닌 다른 사람이 글을 써내려가는 기분이다. 지진이 난 후로 더욱 그랬다. 내 몸을 빌려

욕하고 욕보이며 사라지려 드는 인간들이 많았다. 건물 사이로 바람이 불면 그들의 언어가 들린다. 여자와 남자와 아이와 어른과 산 것과 죽은 것들의 목소리가 섞여 들린다. 하나같이 외로웠다. 차가웠고. 엿 같았다.

2022

이젠 안다. 모른다는 것을. 골목을 조금만 벗어나도 미친 노파가 담배를 입에 물고 중얼거리며 비를맞고 있다. 더 넓은 세상으로 가기 위해 나는 검은 손을 잡았다. 그리고 긴 터널을 지났다.

꽃도 나무도 없는 사막이 펼쳐졌다. 불에 탄 집들과 유해가 가득했다. 삶의 의미를 찾기 위해 온 것들이었고 사랑을 믿다가 그리된 것들이었다. 용기를 가져야만 했다.

밤이 되면 희미한 별빛을 따라 걸었다. 서서히 눈을 감는 여우를 바라보았다. 조용히 모래를 튕기며 우는 전갈도 보았다. 세상에 없는 발자국이 나왔고 그 끝엔 아직 썩지 않은 두 뺨이 있었다. 누군가 잠 깨워주길 기다리는 얼굴이 있었다. 나는 천천히 손을 내밀었다.

아무도 없다는 건 그런 환희다.

## 그 어느 날

　그 어느 날에는, 시도 쓰지 않고. 비도 오지 않고. 햇볕 아래 등을 내주어 나의 값어치를 매겨 주신다면 얼마쯤이겠습니까. 얼마 되지 않더라도 술은 한 잔 나눠 먹고 가시겠습니까. 그러다 또 어느 날이 와서, 내게 다시 용기가 생겨서. 시도 쓰고 글도 쓰고 말도 하고 웃기도 한다면, 그때는 나의 머리를 한 번 쓰다듬어 주십니까. 잘했다고. 잘 견뎠다고. 그리 말해 주십니까. 나는 지난날이 더 좋았다고 생각해서 오늘, 시 쓰는 사람끼리는 입 밖으로 꺼내지도 않는다는 슬픔의 동의어를 다 꺼내놓고 만지작거렸습니다. 아프다고 말하면 아프게 되나요. 괴롭다고 말하면 괴롭게 되는지도. 궁금하고 모르겠고 그래서 다 그만두고 그냥, 그냥. 빗물을 밀어내고 말갛게 떠오르는 얼굴처럼 푸르뎅뎅한 햇볕 아래 서 있는 것. 아침이 오면 발칵 뒤집힐까요. 깜짝 놀래켜주려고 그랬다고 한바탕 웃을까요. 그러면 사랑해주시겠습니까. 꼭 오늘이 아니어도 내일이나, 그 어느 날에는요.

# 작별

여름이 떠났다. 7월 11일은 그리 무더운 날은 아니었지만 그때부터 무언가에 홀린 듯 글을 써내려 갔고, 대부분은 여름에 관한 일이었다. 사람과 사람 사이에 사과처럼 놓인 여름을 보면서, 나는 많이 울었다. 여름이 주는 지나친 햇빛은 사람의 마음과 닮았다. 우리는 적당히란 걸 몰라서, 좋아해도 다치고 미워해도 다쳤다. 땀방울과 핏방울이 섞이면서 조금씩 덧나는 상처를 묵묵히 쳐다보았다. 그것은 어떤 의미도 갖지 못했지만 나는 분명한 깨달음을 얻은 것처럼 눈을 반짝였다. 사람도 가끔은 태양보다 더 멀리에서 스스로를 비추는 순간이 있다. 그때마다 글을 썼다. 여름에 관한 일이었지만 사실은 나 자신에 관한 일이었다.

## 2

슬픔은 누구에게나 머문다. 그래서 슬픔은 누구든지 떠날 수 있다. 글을 쓰면서 몸이 기우는 대로 걷는 법을 배웠다. 자주 더럽고 하찮았지만, 때로는 희망이 있어 좋았다. 알 수 없는 길을 걸을 때마다 생각했다. 이 불안이 내 삶에 어떤 영향을 끼치게 될까. 몇 년 뒤에 나는 어떤 삶을 살고 있을까. 지금 내가 가졌다고 생각하는 것들을 그때에도 여전히 가지고 있다고 말할 수 있을까. 확신은 언제나 의심을 동반했다. 슬픔의 손을 조심스레 붙잡아보았다. 아무 말이 없었다. 며칠을 함께 살면서 슬픔의 표정을 연구했다. 슬픔은 대부분의 날들을 웃고 있었다. 슬픔의 행복이란 말은 역설에 불과한 게 아니었다. 생각해보면 나도 그런 적이 있었다. 어릴 때, 찢어지게 가난했지만 우리는 웃었다. 이별했을 때, 장지를 내려오는 길에서 고모가 해주는 옛날 얘기에 우리는 웃었다. 사랑했을 때도, 가진 것 없는 우리는 우리라서 그냥 웃었다. 슬픔은 우리라는 마음을 아는 사람 곁에선 자주 웃었다. 그런 희망이었다.

3

그럼에도 나는 조금 지쳤다. 어제는 일기장에 이렇게 썼다. "사람들은 내가 열심히 달려온 줄 알지만, 난 사실 오래 전부터 멈춰 있다." 쓰기 싫었다. 그렇지만 인정하기 싫은 말을 쓴다는 건 내 지친 마음을 어쩔 도리가 없음을 알기 때문이라고.

4

나는 또 글을 쓸 것이다. 새로운 페르소나를 찾아서. 새로운 방식으로. 달라질 것 없는 시월에. 햇빛이 들었다 말았다 하는 반지하 방에서. 오늘도 엄마에게 전화를 걸고. 애인으로부터 전화를 받고. 친구 하나를 떠나보내면서 겁도 없이 새 친구를 사귀고. 고양이에게 줄 것이 없는 손을 빈 주머니에 찔러 넣은 채. 하늘을 봤다가 고개를 떨구는 일. 저녁이 빨리 오고. 눈물은 나지 않고. 속은 메스껍고. 죽음보다 사소한 그림자를 껴안고 잠에 드는 일. 울부짖어도 소리를 들을 수 없는 꿈을 꾸는 일. 모든 불가능이 가능할 것처럼 희망으로 다가오는 일. 어디선가 종이 울리고. 새가 날고, 네가 떠나는 일. 그래서 슬픔에게 다른 이름을 지어주는 일. 끝끝내 글은 내 삶과 같다고 믿으면서 내가 조금 더 나은 삶을 살 수 있게 기도하는 일처럼.

5

모든 걸 잃어버린 마음으로.

## 작가의 말

　나도 어리고 너도 어렸을 때였습니다. 우리는 서로를 눈치 채지 못하고 놀이터 은모래 위에 앉아 있었습니다. 머리 위로 새가 지나가자 너는 고개를 들어 하늘을 봤습니다. 푸른 바닷 속을 헤엄치는 흰수염고래처럼 구름은 떠 있습니다. 해가 완 전히 가려질 때까지 너는 누군가를 기다리는 것 같았습니다. 나도 내가 기다리는 사람이 올 때까지 그림자를 놓아주었습 니다. 그러자 그림자와 나의 거리가 점점 멀어졌습니다. 바람 이 차가워지고 있었습니다. 너는 조금 더 자란 팔과 다리를 흔 들며 그네를 타고 있습니다. 나는 철봉에 매달려 그림자가 떨 어질 때까지 버텼습니다. 우리는 여전히 서로를 알아보지 못 하지만 서로를 바라봅니다. 이제 곧 나의 시선 끝에 네가 없을 거란 사실이 조금 슬픕니다. 너도 그렇다는 듯 웃습니다. 환하 게 햇볕이 드는 오후였습니다. 바지를 툭툭 털고 일어나 놀이 터를 떠나는 너를 바라봅니다. 나의 기다림이 영원이 되는 순 간입니다.

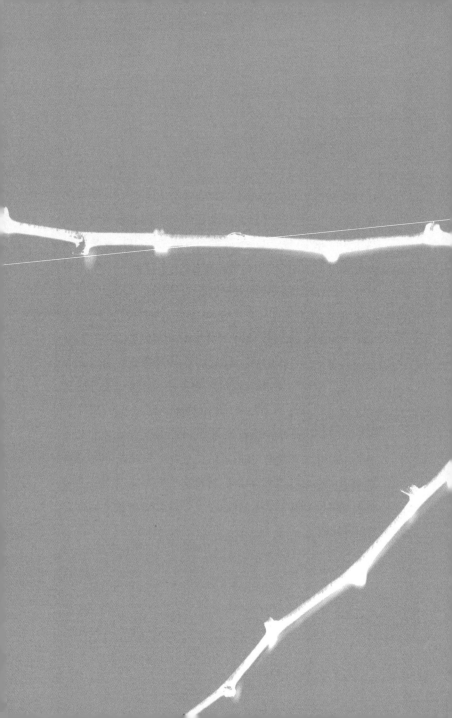

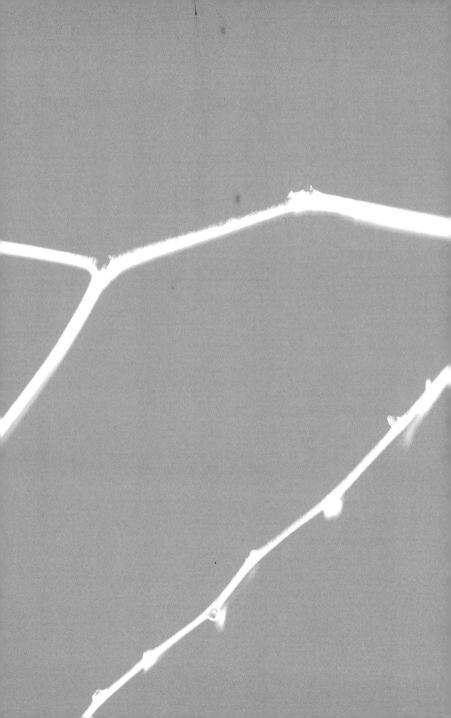

뼈가 자라는 여름

초판 1쇄 발행  2023년 1월 11일

초판 2쇄 발행  2024년 5월 17일


지은이  김해경

펴낸이  김규열

디자인  김현승

브랜딩  송하영

펴낸곳  출판사 결

출판등록  2022년 5월 17일 제2022-000013호

전자우편  gyeolpress@gmail.com

ISBN  979-11-979322-1-2(03800)